NÓS,
QUE AMAMOS A REVOLUÇÃO

CONSELHO EDITORIAL
Ana Paula Torres Megiani
Eunice Ostrensky
Haroldo Ceravolo Sereza
Joana Monteleone
Maria Luiza Ferreira de Oliveira
Ruy Braga

NÓS,
QUE AMAMOS A REVOLUÇÃO

AMÉRICO ANTUNES

alameda

Copyright © 2016 Américo Antunes

Grafia atualizada segundo o Acordo Ortográfico da Língua Portuguesa de 1990, que entrou em vigor no Brasil em 2009.

Edição: Haroldo Ceravolo Sereza
Editora assistente: Cristina Terada Tamada
Assistente acadêmica: Bruna Marques
Projeto gráfico: Pedro Miranda
Diagramação: Jean Freitas

CIP-BRASIL. CATALOGAÇÃO NA PUBLICAÇÃO
SINDICATO NACIONAL DOS EDITORES DE LIVROS, RJ

A642n

Antunes, Américo
Nós, que amamos a revolução
Américo Antunes. - 1. ed.
São Paulo : Alameda, 2016.
218 p. : il. ; 23 cm.
Inclui bibliografia

ISBN 978-85-7939-402-7

1. Ficção brasileira. I. Título.

16-36202 CDD: 869.3
CDU: 821.134.3(81)-3

ALAMEDA CASA EDITORIAL
Rua Treze de Maio, 353 – Bela Vista
CEP 01327-000 – São Paulo – SP
Tel. (11) 3012-2403
www.alamedaeditorial.com.br

*À memória do
companheiro Otaviano Carvalho*

SUMÁRIO

NOTA DE ABERTURA	9	ONZE	119
SIGLAS	11	DOZE	127
UM	13	TREZE	137
DOIS	23	QUATORZE	145
TRÊS	33	QUINZE	153
QUATRO	43	DEZESSEIS	167
CINCO	51	DEZESSETE	175
SEIS	59	DEZOITO	183
SETE	71	DEZENOVE	191
OITO	83	VINTE	197
NOVE	95	VINTE E UM	209
DEZ	105		

NOTA DE ABERTURA

1977. O ano insinuava repetir a infame marcha de atos de exceção e repressão que violentavam o Brasil desde que os militares tomaram o poder em 1964. Em abril, o general presidente Ernesto Geisel fechou o Congresso Nacional e baixou o Pacote de Abril, pelo qual alterava as regras das eleições de 1978 para garantir a supremacia temporariamente ameaçada do partido da ditadura, a ARENA, por meio da indicação de senadores logo apelidados de biônicos, em alusão a uma famosa série de TV, "O Homem de Seis Milhões de Dólares", em que o protagonista ganhou super-poderes depois de ter seu corpo reconstituído por próteses mecânicas e eletrônicas. Ainda no final daquele mês, militantes estudantis e operários foram presos em São Paulo por distribuírem panfletos convocando uma manifestação de protesto no dia 1º de maio, com o destino certo da tortura nos porões do DOI-CODI.

Mas um fato novo e inusitado iria surpreender a ditadura: os estudantes não se calaram e, apesar da repressão, mobilizaram-se nos campus e saíram às ruas, exigindo a libertação imediata dos colegas e dos operários presos. A partir de São Paulo, as manifestações se espalharam por todo o país, de Porto Alegre a Belo Horizonte, do Rio de Janeiro, a Salvador e Brasília. Em junho, cerca de 800 estudantes seriam presos na capital mineira quando tentavam realizar o III Encontro Nacional dos Estudantes (ENE), e uma greve geral paralisou a Universidade Nacional de Brasília.

Nova carga violenta de repressão se abateria em setembro, na PUC São Paulo, e 1,5 mil estudantes seriam presos, após realizarem finalmente o III ENE e pactuarem a reconstrução da UNE, que aconteceria dois anos depois em um congresso em Salvador. Junto com as mobilizações da juventude ganhou força o movimento pela anistia e, em 1978, seria a vez dos trabalhadores entrarem em cena. No ABC paulista, os operários cruzaram os braços contra o arrocho salarial e sepultaram definitivamente o medo e o silêncio, colocando em xeque a ditadura militar.

O romance que você está começando a ler é ambientado nesses anos efervescentes da história recente do Brasil. Anos de luta apaixonada, narrados neste livro diretamente dos bastidores por uma miríade de personagens fictícios, cada um com suas estórias, trajetórias, crenças, tendências, desejos e angústias. Anos revolucionários, em que o despertar político da juventude associou-se à convicção de muitos de que a luz no fim do túnel da ditadura iluminaria uma nova sociedade, justa, igualitária, socialista e democrática.

Em 1977, o vídeodocumentário "O apito da panela de pressão", produzido pelos DCEs livres da USP e da PUC São Paulo, reportou as primeiras manifestações de rua dos estudantes após 1968 e tornou-se um instrumento extraordinário para as mobilizações que se seguiram, sendo suas cópias, mesmo proibidas, projetadas em cineclubes e nos campus das universidades brasileiras.

"Nós, que amamos a revolução" tem nesse histórico vídeodocumentário uma boa dose de inspiração. Mas ao contrário do filme, é uma obra de ficção.

SIGLAS

ABC Santo André, São Bernardo e São Caetano, no Estado de São Paulo
ABI Associação Brasileira de Imprensa
AI2 Ato Institucional n. 2, baixado pelo governo militar em 1965, que extinguiu os partidos políticos, introduziu o bipartidarismo e instituiu as eleições indiretas para presidente e governadores.
AI5 Ato Institucional n. 5, de 1968, que suspendeu garantias constitucionais e deu poderes extraordinários ao presidente. Foi revogado em 1º de janeiro de 1979.
APML Ação Popular Marxista Leninista
ARENA Aliança Renovadora Nacional
CBA Comitê Brasileiro pela Anistia
CCC Comando de Caça aos Comunistas
CEB Comunidade Eclesial de Base
COLTEC Colégio Técnico, da UFMG
D.L 477 Decreto Lei n. 477, de 1969, baixado pelos militares para punir sumariamente estudantes e professores acusados de subversão. Revogado junto com a Lei da Anistia, em 1979.
DA Diretório Acadêmico
DCE Diretório Central dos Estudantes
DOPS Departamento de Ordem Política e Social
DOI-CODI Departamento de Operações de Informações – Centro de Operações de Defesa Interna
ENE Encontro Nacional de Estudantes
FACE Faculdade de Ciências Econômicas
FAFICH Faculdade de Filosofia e Ciências Humanas
FSLN Frente Sandinista de Libertação Nacional
GAC Grupo Anti-Comunista
LIT Liga Internacional dos Trabalhadores
LO Liga Operária

LSN	Lei de Segurança Nacional
IPUC	Instituto Politécnico da Universidade Católica de Minas Gerais
MDB	Movimento Democrático Brasileiro
ME	Movimento Estudantil
MEC-USAID	Ministério da Educação – United States Agency for International Development
MEP	Movimento de Emancipação do Proletariado
METROPOL	Polícia Metropolitana
MFPA	Movimento Feminino pela Anistia
MR 8	Movimento Revolucionário 8 de Outubro
O.	Organização, grupo clandestino da tendência estudantil Centelha que depois, junto com o da gaúcha Peleia, dariam origem à ORMDS (Organização Revolucionária Marxista Democracia Socialista)
OAB	Ordem dos Advogados do Brasil
OSI	Organização Socialista Internacional
PCB	Partido Comunista Brasileiro
PC do B	Partido Comunista do Brasil
PEG	Política Econômica/Educacional do Governo
PM	Polícia Militar
PT	Partido dos Trabalhadores
SBPC	Sociedade Brasileira para o Progresso da Ciência
SENAI	Serviço Nacional da Indústria
SNI	Serviço Nacional de Informação
SU	Secretariado Unificado da IV Internacional Comunista
UCMG	Universidade Católica de Minas Gerais, atual PUC-MG
UEE	União Estadual de Estudantes
UFBA	Universidade Federal da Bahia
UFMG	Universidade Federal de Minas Gerais
UMES	União Metropolitana dos Estudantes Secundaristas
UNB	Universidade Nacional de Brasília
UNE	União Nacional dos Estudantes
URSS	União das Repúblicas Socialistas Soviéticas
USP	Universidade de São Paulo

UM

Sobre uma viagem de três amigos à Serra do Cipó. Marcos teme não voltar da imersão provocada pelo blue e suspeita ter encontrado um bruxo.

Meu corpo, trêmulo, pairava naquele estranho momento como se estivesse flutuando sobre o chão. A paisagem da serra escarpada, exuberante, e as cores vivas da vegetação agreste, com suas samambaias, bromélias e orquídeas selvagens, inebriavam a minha visão, aguçando todos os sentidos. Tirei a camisa, a calça jeans, a cueca e as botas. Os raios do sol eram esplêndidos e nas águas da cachoeira, brilhantes, eu poderia, quem sabe, encontrar um pouco de calma no arrepio frio de um mergulho depois da longa travessia até a cachoeira grande, desde que deixamos a *Brasília* na estrada de terra, após a subida da Serra do Cipó, depois do vilarejo de Cardeal Mota.[1]

Naquela caminhada interminável, de não sei quantos quilômetros e que pareceram uma eternidade, tive medo de tudo e o que mais me afligiu foi a sensação de que seguia a esmo e perdido, para lugar nenhum; apenas louco de jogar pedra! O que mais salvou foi a presença de Giovani e Leonardo, todos dois tão alucinados como eu; porém, mais seguros e firmes. Quem sabe?

– Caralho, Marcos! Quê isso? Tá maluco Frangão? E se alguém vê você nu, doido desse jeito? – berrou Giovani com a voz ríspida, enquanto colocava debaixo de uma árvore as garrafas de vinho, os queijos e os pães que trouxéramos para aquela viagem inesperada.

Sem ligar para o esporro, acabei de tirar a roupa e saí correndo em direção ao poço que a cachoeira grande formava e mergulhei de cabeça. A água gelada,

---

1 Atual distrito de Serra do Cipó, pertencente ao município de Santana do Riacho (MG).

de nascentes de serra, eletrizou-me e, depois do impacto, a vontade que tive foi a de ficar por ali boiando eternamente, vivendo a magia daquele lugar. Boiei não sei por quanto tempo, apenas com a boca e o nariz do lado de fora da superfície, admirando a queda d'água, que criava um espetáculo deslumbrante, ao refletir em milhares de partículas furta-cores o brilho quente dos raios de sol.

Mas, de repente, o *bode*, que me atormentara durante a difícil caminhada até ali, percorreu novamente a minha espinha, lançando-me outra vez na agitação alucinada e paranoica. Nadando em velocidade atrapalhada, saí do poço e fui me alojar, pingando e tremendo, sobre as pedras, que senti veludosas, quentes, vivas e protetoras...

Sob a sombra da árvore, Giovani e Leonardo conversavam animadamente, indiferentes à minha presença. Tentei entender o que falavam pelos movimentos de seus lábios, mas não consegui. Então, estirei-me sobre as pedras e divaguei, tentando afastar o frio e o *bode*. Estava assim mergulhado nesse transe reparador, de olhos fechados, quando dei por estranhas gotas de água molhando a minha pele arrepiada.

Abri os olhos e vi que nuvens escuras se formavam naquele louco final de tarde e de uma delas, em forma de cruz, caía uma chuva fina e fraca. Porém, furtivos raios de sol insistiam em furar as nuvens e banhavam a cachoeira e a serra ao fundo. E, indiferente à chuva, fechei novamente os olhos e prossegui na viagem revigorante por não sei quanto tempo, até que a voz grave de Leonardo despertou-me do torpor:

– Marcos, vai cair um pé d'água fodido daqui a pouco e estamos sem as barracas. Eu e o Giovani vamos à casa de seu Antônio, para ver se dá pra gente ficar lá esta noite. Você fica aqui, ok? Se o pessoal que ficou de vir conosco chegar e nos desencontrarmos nas trilhas, diga que logo voltaremos – ouvi-o ordenar.

Por instantes retornei à realidade crua, abri os olhos e levantei o polegar, assentindo afirmativamente. Apenas observei-os pegar uma das trilhas na mata e logo depois eu me aconcheguei outra vez na força da viagem, de olhos cerrados, entregue ao devaneio do transe relaxante, até que um frio gélido arrepiou o meu corpo. Abri os olhos e estarreci com a chuva forte que caía agora entre trovoadas, impregnando o entardecer de tons lúgubres e cinzentos. E de repente a angústia e a ânsia voltaram a me apertar, animadas pela tromba d'água e pela melancolia que a aproximação da noite sempre traz...

Dei por mim segundos depois, apurando os ouvidos, fascinado pelo barulho rítmico e constante da cachoeira. Uma onda harmônica de sons conexos e estrondosos vinha ao meu encontro em borbotões, como se as águas tentassem se comunicar comigo, em meio ao cheiro doce da mata molhada. Havia verbo naquilo, mas a linguagem não parecia ter tradução, por mais que me esforçasse... Larguei-me então àquelas novíssimas sensações, extasiado, quando uma lufada fria de medo percorreu a minha espinha. De um salto, levantei-me das pedras e, tremendo, gritei com todas as forças:

– Porra! Tem alguém aí?... Quem está aí?

OOO

– Tudo joia com o senhor, seu Antônio? Lembra-se de mim? Sou o Leonardo... Desculpe incomodar, mas é que estamos esperando uns amigos que ficaram de trazer as barracas pra gente acampar lá em cima na serra, perto da cachoeira grande. Queria ter passado aqui antes pra avisar o senhor, mas não deu. – gritei, ao ver o velho sentado em um banco na varanda da casa de pau a pique.

– E aí caiu esse toró do caralho, a noite está chegando, os filhos de uma mãe ainda não deram as caras com as barracas e não temos onde dormir. Será que podemos passar a noite aqui, se a turma não aparecer mesmo?

Levantando-se devagar, seu Antônio balançou a cabeça afirmativamente e, gesticulando as mãos, convidou-nos a entrar. Então, Giovanni e eu corremos e subimos, em um passo só, os três degraus da escada de pedra da varanda, molhados até os ossos e tiritando de frio. Enquanto escorria a água do corpo com as mãos, não resisti a observar o malcuidado estado da casa, que no passado deveria ter sido uma bela sede de fazenda. E, na cara-de-pau outra vez, fui logo pedindo:

– Compadre, já estive aqui outras vezes... O senhor se lembra, né?... Estávamos descendo da cachoeira quando o toró de chuva apertou. E estamos pingando de frio... Será que podemos ir à cozinha secar o corpo? Nada melhor do que a beira de um fogão de lenha pra afastar o frio num dia desses...

Com um sorriso largo na boca banguela, seu Antônio assentiu e nos conduziu, casa a dentro, pelo estreito corredor até a cozinha de chão de terra batida, cujas paredes, enegrecidas pela fumaça, tornavam o lusco-fusco do entardecer ainda mais sombrio. Diante do fogão de lenha, ele atiçou o fogo, enquanto nós esfregávamos as mãos e espantávamos o frio e, em seguida, destampou o caldeirão de ferro que jazia também enegrecido sobre a trempe.

Apesar da pouca claridade, quase cai de costas quando vi a estranha mistura que seu Antônio passou a mexer com sofreguidão ritmada: pedaços de carne, nacos – que julguei ser de abóbora –, macarrão de santa casa, bagos de feijão e grãos de arroz, talvez, e até estranhas raízes... Tudo isso – e sabe-se lá o que mais –, boiando em um grosso caldo oleoso, com certeza de banha de porco e de paladar temerário, apesar do bom cheiro que exalava. Ou seria alucinação do meu olfato?

E aquela era a nossa janta quiséssemos ou não, até por obrigação de retribuir a hospitalidade do velho, eu pensei, observando a cara de espanto do Giovani que, hipnotizado e vidrado, acompanhava o mexe-mexe do seu Antônio no caldeirão. Enquanto o observávamos, nós dois ficamos ali em volta do fogão, em silêncio, até que secamos o corpo e nos refizemos do frio. Então, eu perguntei a ele onde nós poderíamos dormir, lembrando de imediato, ao vê-lo gesticular, que seu Antônio não falava.

– Caralho, que cabeça a minha! – exclamei baixinho, dando um murro na testa.

Giovanni, que já despregara os olhos do caldeirão, percebeu a minha reação e riu, primeiro sem graça, até cair na risada em seguida. E logo estávamos os três chorando de rir do nada, às gargalhadas...

Após retomarmos o fôlego, acompanhamos seu Antônio até a varanda, onde ele apontou para o velho paiol de milho a poucos metros de distância, que mal se via àquelas horas. Ali, então, passaríamos a noite, eu constatei...

– Muito bom, compadre, obrigado! As nossas roupas ainda estão molhadas, mas nada que o fogo não seque. E a palha de milho esquenta pra burro!

OOO

Conheço seu Antônio de outras viagens – essa era a quinta que eu fazia à cachoeira grande – e o mistério que o cerca, agravado pela mudez, sempre me fascina. Já tentei saber sua idade, mas nunca consegui. Pela quantidade de mãos que abriu e fechou, quando perguntei, talvez nem ele mesmo saiba quantos anos tem. Mais de 70, beirando 80?... Muito menos consegui saber também de onde ele havia vindo ou quando chegara àquelas terras altas do Cipó.

Na venda do Camilo, ao pé da serra, uns diziam que, ainda jovem, seu Antônio perdera a voz, desgostoso com a palavra, depois de apanhar do patrão com vara de marmelo até quase a morte por um furto que não cometera, em uma fazenda no Serro, onde trabalhava desde menino. Apesar de jurar por Deus e por todos os santos a sua inocência, ele teria sido preso e na cadeia penou... Depois de libertado, seu Antônio vagou como andarilho pelos sertões, até que um dia deu na Serra do Cipó, encantou-se e no sítio abandonado dos ingleses fincou raízes, sempre contavam.

Mas outros juravam que sua mudez era um aleijão de nascença, fruto de um escandaloso relacionamento entre dois irmãos. Fugida de onde ninguém sabe, a família incestuosa teria chegado àquele lugar perdido no meio do mato e aqui o filho único permaneceu sozinho, após a morte dos pais irmãos, outros me disseram.

Desconfio, porém, que nenhuma dessas histórias sobre seu Antônio seja verdadeira. Tudo não passa de lenda, estou quase certo! Contudo, em pelo menos uma coisa uns e outros estavam de acordo: apesar de não falar, o velho escuta – e muito bem! – e ninguém conhece como ele a Serra do Cipó, tanto as suas trilhas e quebradas estonteantes, quanto plantas, raízes misteriosas e estranhos animais, como um roedor do mato, o mocó, que já o vi cozinhar.

Franzino e encurvado pela idade, com sulcos profundos no rosto cumprido, só vendo-o trabalhar pode-se perceber a sua força. Como um burro de carga, labuta a terra do sítio sozinho, como eu já vi. E com os produtos das roças de milho, mandioca e feijão e as raízes que colhe na serra seu Antônio faz o escambo de ferramentas, roupas e mantimentos que sua terra não dá, na venda do Camilo. Só anda a pé e, dinheiro vivo, apenas o das gorjetas dos visitantes da cachoeira grande, como nós.

Para seu Antônio, nunca parece ter dia ruim. Sempre hospitaleiro, recebe com satisfação todos os malucos que aparecem por ali, oferecendo generosamente quaisquer frutas de época do seu quintal – laranjas, goiabas, mangas e jabuticabas – e até galinhas, para o nosso deleite. Nas noites, ele sempre é o último a deixar a beira do fogão, como se entendesse as nossas com certeza incompreensíveis conversas. E não parece também se incomodar com o cheiro da fumaça dos nossos *baseados* e muito menos se importar que homens e mulheres durmam juntos nas barracas...

– Gente da melhor qualidade! Um bom e louco manso! – eu murmurei, enquanto seguia atrás de Giovani de volta à cachoeira grande, sob o forte aguaceiro que caía outra vez. Nas já enlameadas trilhas, marchamos na penumbra da tarde que caía, em silêncio, atentos ao tortuoso caminho que tínhamos pela frente.

E as palavras não teriam mesmo utilidade alguma! De que adiantaria estabelecer uma sequência de sons inteligíveis com Giovani se, exceto em alguns momentos de fugidia lucidez debaixo da árvore na cocheira e no encontro com seu Antônio, as percepções estavam condicionadas à proposta de imersão total em nossos eus, como havíamos pactuado na madrugada bêbada de sexta-feira, quando conseguimos comprar, a preço de ouro, o famoso *blue*?

Observei a sombra de Giovani caminhando devagar à minha frente, suspirei e reuni forças para acompanhá-lo pela agora invisível trilha. Realmente, aquela mescalina mexicana extraída do peiote, o cactos divino dos rituais dos xamãs e bruxos astecas, era muito boa! A loucura ia e voltava! Acabara de bater outra vez...

Deus me acuda!

OOO

Surpreendi-me correndo alucinadamente pelo leito do córrego, abaixo do poço da cachoeira grande, pulando de pedra em pedra, como um animal em disparada, nu e de botas! A mente continuava desconexa, mas o corpo e as pernas estavam firmes, como se aquele caminho eu já conhecesse há muito tempo. Nem a chegada da noite me assustava mais. Talvez estivesse fugindo de algo, mas não sabia do quê...

Tivera medo dos sons da cachoeira e do diálogo que ela tentara estabelecer comigo durante a tarde inteira! É loucura, mas havia entendido alguma coisa naquela algazarra de sons, eu pensei enquanto corria. Algo como um código incerto, transmitindo a lógica da natureza, das serras, das águas e da criação. Uma linguagem ancestral, de tempos passados, que permitia a comunicação com as origens do homem e da terra.

Será que era essa a razão do meu *bode*? O medo de retornar ao início de tudo e ao ponto de partida, antes mesmo do ventre da minha mãe, e de não mais voltar da viagem, como diziam acontecer com muitos malucos de primeira viagem, como eu, que experimentaram a imersão existencial e regressiva proporcionada pela mescalina...

– Marcos, você vai se esborrachar nestas pedras, seu puto! Pare com essa loucura, Frangão! – berrou Giovani.

Na penumbra da noite que nascia, eu não havia percebido que os dois tinham voltado e custei a entender o que o Giovani gritava. Mas senti um alívio ao ouvir uma voz inteligível, humana... Diminuí o ritmo da correria e, não sei como, perdi o equilíbrio, estatelando-me vergonhosamente sobre as pedras.

Giovani e Leonardo correram em minha direção e, ao me verem inteiramente nu e de botas, não contiveram as gargalhadas, me sacaneando quando constataram que eu não me machucara. Mas, assustado, eu continuava esparramado no chão, inerte, até que eles me levantaram com força, trazendo-me de volta à realidade. E aí eu também caí na gargalhada...

– Então, os putos não vieram mesmo, hein Marcos? – Leonardo perguntou-me, depois de recuperar a voz, mas sem obter resposta.

– Pensei mesmo que eles iam fugir da raia. Cagões! Mas levanta, Marcos! Vamos passar a noite na casa de seu Antônio. – Leonardo falou.

Refeito do susto e cheio de arranhões, vesti as roupas molhadas e pegamos as garrafas de vinho, os pães e queijos, que estavam tão encharcados quanto as nossas roupas. E enfrentamos o caminho até a casa de seu Antônio, que se tornara uma verdadeira tragédia nas trilhas que mal podíamos ver. Não bastassem os escorregões na descida da serra e o frio, o silêncio e a escuridão da noite eram também nossos algozes. A chuva havia passado, mas a loucura continuava ali, presente, tão forte quanto no início da viagem, pronta para dar um novo bote...

Eu continuava caminhando como se rumando ao infinito. Olhando para o céu, uma sensação de conforto tomou conta de mim, ao perceber que as nuvens chuvosas davam lugar agora a algumas estrelas. Mas o conforto foi breve, porque logo percebi no brilho das estrelas, ritmado com o pisca-pisca dos vaga-lumes, o mesmo código de linguagem ancestral que havia identificado nos sons da cachoeira. Foi o bastante para que o *bode* voltasse e, como nunca em toda a minha vida, desejei estar sob luzes e letreiros de neon de uma metrópole qualquer, entre edifícios, carros, gentes; bem longe da natureza e do enigmático barulho das montanhas, dos matos e das cachoeiras...

– O negócio é que sou meio urbanóide e essa estória de não voltar da viagem desse ácido mexicano, da regressão, me amedronta... – murmurei.

Suspirei fundo, e apressei o passo para acompanhar Giovani e Leonardo, que, à minha frente, caminhavam mudos e cada vez mais rápidos.

A fraca luz da varanda da casa de seu Antônio logo apareceu abaixo e, apesar de exaustos, começamos a correr pelo pasto molhado. Ao nos aproximarmos, vislumbrei o vulto do velho, fumando o seu cigarro de palha, e corremos mais ainda. Nem bem nos protegemos sob o teto da varanda, abrimos uma das garrafas de vinho, oferecemos a ele, brindamos e começamos a bebericar, sentados no chão, sob a luz fraca de lamparinas de querosene.

Quantas horas eram? Eu não sabia, mas a sensação que tinha é que, desde que chegamos ali pouco depois do meio dia, havia passado um, dois, três dias... A força daquele ácido era impressionante, impossível de imaginar quando nos advertiram... A sensibilidade estourava à flor da pele e os sentidos, sobretudo a audição e a visão, ficavam totalmente alterados. Durante toda aquela interminável tarde, infinitas manifestações ocorreram comigo, intercalando momentos de extrema transcendência existencial com o *bode*, a depressão e a angústia. Em muitos momentos, quis abandonar a viagem a qualquer custo, mas claro que não tive sucesso. O *blue* era mais forte! Agora, contudo, estava bem, apesar do corpo molhado e do frio.

Ficamos na varanda por um bom tempo, até que seu Antônio nos convidou para entrar e o seguimos até a cozinha, onde nos reunimos em volta do fogão de lenha. Continuamos a beber o nosso vinho, no bico da garrafa, em silêncio, hipnotizados pelo fogo, enquanto seu Antônio destampava o caldeirão e servia a janta. Quando chegou a minha vez, tomei um susto ao ver sobre o prato uma massa disforme, como eu nunca tinha visto...

Giovani e Leonardo me olhavam de soslaio, disfarçando o riso e instigando-me a comer. Mas com a primeira colherada, veio uma terrível ânsia de vômito, que custei a disfarçar. Brinquei com a colher por outro bom tempo, até que recolhi forças de não sei onde, dominei o nojo e botei na boca a segunda colherada. E aí tomei gosto já na terceira; talvez porque estivesse com uma fome de cão, sem comer nada desde a nossa parada na venda do Camilo...

– O rango está muito bom! Muito bom mesmo, seu Antônio... – arrisquei, falando pela primeira vez. Giovani e Leonardo concordaram; o que arrancou um largo sorriso do estranho cozinheiro.

Depois da janta, Giovani e Leonardo logo estabeleceram uma animada conversa sobre as reações provocadas pela mescalina. E eles tinham toda razão, pensei, enquanto ouvia. Como descrevera Carlos Castañeda em a *A Erva do Diabo*, livro que li duas vezes, o *peiote* propiciava um alucinante retorno às nossas origens, por meio de uma interlocução simbólica com a natureza e o tempo.

Quando alguns colegas de faculdade falavam sobre as viagens de LSD,[2] não acreditava. E a curiosidade foi tomando conta de mim, até que pintou a oportunidade de experimentar o *blue*. Depois de inúmeras cervejas e vodkas na romaria de sexta-feira, começando pelo bar Jeripoca e terminando na Lua Cheia e no Berimbau do Edifício Maleta, tomei coragem e resolvi acompanhar Giovani e Leonardo nas duas viagens, para a Serra do Cipó e na mescalina. Agora, se imaginasse que o efeito era tão forte, com certeza não teria topado, admiti, em um inusitado clarão de consciência.

Fiquei assim entregue à minha própria viagem, quando me dei conta da presença silenciosa de seu Antônio. Abandonado no meio daquela serra, em uma quase completa solidão, ele parecia um daqueles bruxos índios de Castañeda. A pele escura, sulcada pelo tempo, as mãos grossas de lavrar a terra, a expressão ingênua, mas com um olhar enigmático, às vezes patético; a mudez... E se ele fosse realmente um bruxo?

Giovanni e Leonardo continuavam a conversar animadamente, agora sobre futebol e outros estranhos e distantes assuntos, enquanto eu, silencioso, apenas observava. E assim nós permanecemos à beira do fogão, bebericando o saboroso vinho que trouxéramos, quando o barulho da noite lá fora despertou em mim outros sentidos e resolvi sair da cozinha.

---

2   Lyserg Säure Diethylamid (LSD), em alemão, ou Dietilamida Ácido Lisérgico, em português.

O mato e a grama ainda estavam molhados pela chuva, mas a noite era agora esplêndida. No céu, as estrelas transmitiam códigos luminosos, em compasso com o piscar dos vaga-lumes, e a noite, escura, era densa, quase palpável. Abri os braços, como se quisesse agarrar aquele momento infinito e caminhei não sei por quanto tempo e em qual direção, em transe...

Depois, não sei mais o que aconteceu comigo.

OOO

"Mother fore" vibrava a todo volume no toca-fitas do meu *Fuscão* e eu não conseguia parar de balançar ao ritmo contagiante daquela música, que adorava, enquanto seguia sozinho para a universidade. Pink Floyd era realmente demais, eu pensei, extasiado pelo som do toca-fitas. A viagem à Serra do Cipó havia sido maluca! O *bode* angustiante e melancólico, o medo de não retornar da viagem às origens da criação, como dizia Castañeda... E, em contrapartida e alternando-se, a sensibilidade extrema, a paixão pela água, pelas vozes da paisagem selvagem e da noite, até a inconsciência...

À medida que recordava, as sensações que experimentara na viagem pareciam reviver e, preocupado, tentei afastá-las. Era impossível, mas o fato é que o transe ameaçava voltar, me inundar e dominar, exatamente agora no caminho para a universidade! E o pior de tudo: no meio de um monumental engarrafamento das seis horas da tarde. Buzinas impacientes estouravam sobre a minha cabeça e eu perdi o controle...

– Porra, Marcos, não pode ser! Logo agora, seu puto... Tou fodido! – exclamei desesperado, indiferente a que alguém nos carros ao lado pudesse estar me observando.

E toda a loucura estava mesmo de volta, em um inesperado *flash back* da mescalina *blue*. Então, em meio à engarrafada avenida Amazonas, eu encostei o carro no acostamento de qualquer jeito; e desci tropegamente. Sentado no meio fio, abaixei a cabeça e apertei a nuca com as mãos. Respirei fundo e esperei a vertigem e o transe passarem, ao som de Pink Floyd.

DOIS

Sobre a preparação do primeiro dia nacional de lutas em 1977. O batismo político de Marcos. Fernando e Lúcia debatem os rumos da luta contra o regime militar.

Um sol gostoso iluminava o azul do céu sem nuvens naquele início de manhã de outono, dificultando-me a visão depois de uma noite de pouco sono. Apesar do cansaço, estava convencido de que aquele dia não seria igual aos outros, sobretudo depois das agitações políticas do dia anterior e da reação favorável da massa estudantil às nossas propostas de mobilização. Isso prometia um ato público de peso à tarde e era fantástico estar vivendo esse novo momento da luta contra o regime militar, talvez tão importante quanto o de 1968, avaliei orgulhoso.

Era pouco mais de seis e meia da manhã e eu estava de pé, firme e disposto, esperando os primeiros estudantes chegarem aos portões da universidade, indiferente à noite mal-dormida e à luminosidade da manhã que me fazia espremer as pálpebras. Adrenalina a mil, eu gritei a plenos pulmões logo à chegada do primeiro ônibus lotado:

– Dez estudantes e operários foram presos pelos milicos em São Paulo, só porque convocavam os trabalhadores para as atividades do 1º de maio. Mais uma vez, fica claro que não existe liberdade de expressão neste país. Mas a violência do governo militar não vai ficar sem resposta e impune! Os nossos colegas pararam as aulas da USP, fizeram uma assembleia gigante com mais de cinco mil alunos e decidiram que vão sair às ruas hoje, exigindo a libertação imediata dos companheiros presos. Em todo o país, atos públicos estão sendo convocados neste dia nacional de luta contra as prisões arbitrárias. Vamos fazer uma grande manifestação aqui em Belo Horizonte também. Só a união de todos e a nossa mobilização poderão garantir a liberdade dos companheiros. Nossa união faz a força! – eu berrei.

O discurso retumbou forte na minha cabeça e estava feliz, pois, pela primeira vez, apesar da tremedeira nas pernas, conseguia falar em público. Quem sabe estava finalmente liberto da timidez, pensei, enquanto ia distribuindo automaticamente os panfletos aos estudantes que, apressados, desciam do ônibus. Mais e mais ônibus estacionavam e logo vi que em pouco tempo o movimento seria muito maior e, se continuasse sozinho, além de não poder discursar para a multidão, não conseguiria também atingir todo mundo com a panfletagem.

Realmente, o atraso do pessoal era uma grande falta de compromisso político e um inaceitável desvio pequeno-burguês, refleti puto da vida, desdobrando-me cada vez mais para fazer chegar às mãos do maior número de estudantes, que desciam agora aos borbotões dos ônibus apinhados, o panfleto convocatório para o ato público da tarde.

– Marcos, cadê o pessoal? – perguntou Rita, descendo agitada de um ônibus que acabara de estacionar.

Apesar do olhar repreensivo que eu lhe dirigi, fiquei aliviado com a sua chegada. Não bastasse a sua desenvoltura para falar em público, ela era também o maior tesão, com aqueles cabelos negros e lisos, os olhos meio esverdeados, emoldurados por um rosto delicado, mas determinado, sobre um belo e gostoso corpo alto, bem torneado. Além disso, sua me presença transmitia uma força incrível. Afinal, fora ela quem me despertara para o Movimento Estudantil e para a luta política. Então, respondi:

– Não apareceu ninguém ainda, Rita! Porra, só eu cheguei na hora marcada. Assim não dá...

– Também acho, Marcos, mas os companheiros já devem estar chegando. Não esquenta, cara! Vai dar tudo certo... – Rita ponderou, pegando um maço de boletins de minhas mãos e começando a distribuí-los.

– Companheiros! Não dá mais pra ficarmos calados frente aos atos arbitrários desse governo militar que cerceia até mesmo uma festa pacífica, comemorada em todo o mundo, que é o dia 1º de maio, o dia dos trabalhadores. Nossa resposta a isso só pode ser a mobilização e a luta, para libertar nossos colegas que foram presos em São Paulo e para exigir liberdade e democracia neste país.

Hoje, teremos uma grande manifestação de protesto e todo mundo tem de participar. Queremos liberdade! Juntos, somos fortes! Juntos, venceremos! – ela gritou, atraindo a atenção dos apressados alunos que desciam dos ônibus.

Observando alguns caras, que literalmente comiam a Rita com os olhos, senti uma ponta de ciúme, mas logo procurei afastá-la, pelo menos racionalmente. Afinal, ela era de fato uma mulher muito atraente, insinuante, e sua forte e corajosa presença só podia mesmo provocar a cobiça nos homens, me conformei. Juntos, continuamos a distribuir os panfletos freneticamente e, pouco depois, o Fernando, o Tavares, a Lúcia, a Martha, o Conde e o Alcides chegaram – todos recebendo o nosso esporro e certeira cobrança ideológica pela falta de disciplina.

Por que eu havia me metido naquela história de Movimento Estudantil era uma coisa que não conseguia ainda entender. Convidado pela Rita, de repente lá estava eu, que sempre tive um pé atrás com a caretice do ME, participando de reuniões no Diretório Acadêmico, escutando, admirado, os companheiros falarem sobre o regime de opressão; o golpe militar de 1964, os atos institucionais, as prisões e torturas; o imperialismo norte-americano; a reforma do ensino e o acordo MEC-USAID, imposto para alienar a universidade brasileira; a falta de verbas para a educação e o avanço do ensino pago...

Daí, foi um passo para que Rita me chamasse para reuniões de área próxima, de formação política da sua organização. Marxismo, leninismo e trotskismo; a luta pela emancipação do proletariado e pelo socialismo democrático... A crítica ao stalinismo e à burocratização da União das Repúblicas Socialistas Soviéticas... Em um verdadeiro turbilhão, descobria, extasiado, a realidade brasileira e, sobretudo, que era possível vencer o regime de opressão, rumo à construção de uma nova sociedade, justa e igualitária, socialista, desde que conseguíssemos mobilizar os trabalhadores, os camponeses e as massas populares, a partir da retomada do ME e do exemplo dos estudantes.

Era como se estivesse nascendo agora, aos 21 anos, depois de descobrir que, até então, vivera imerso na alienação da sociedade de consumo capitalista. Primeiro, dominado pela curtição por motos, carros envenenados e pegas na pista do entorno do estádio do Mineirão; pelas roupas da moda, paqueras e pelas noitadas na boate Jambalaia; e depois dominado pela porra-louquice e pelo barato da maconha e das drogas.

Uma alienação, afinal, alimentada pelo próprio sistema capitalista, para impedir o engajamento da juventude na luta pela liberdade e pelo socialismo, mas que poderia ser superada e vencida, como eu mesmo estava experimentando agora, pensava, enquanto distribuía os panfletos. Então, a voz do Fernando trouxe-me de volta à portaria do campus da Católica:

– Acho que atingimos uns quarenta por cento dos alunos nesta panfletagem, camaradas. Agora, o esquema é o das salas de aula. A Rita e o Marcos vão para a Faculdade de Letras. Eu e Lúcia, para a Direito; e os outros camaradas devem cair matando na Engenharia, que é onde tem mais alunos. No intervalo, a gente se encontra na cantina da Economia e nos dividimos para cobrir as outras escolas do campus. – ordenava, buscando recuperar a liderança, ameaçada um pouco antes pelo atraso na chegada à UCMG.

– E companheiros! Não se esqueçam de reforçar a convocação para o ato público na Faculdade de Medicina, às cinco da tarde. Não deixem também de falar pros alunos nas salas de aula que, quanto mais gente for à manifestação, mais difícil será para a polícia reprimir... Não se esqueçam disso! Esse toque é fundamental para combater o medo do pessoal! – completou Rita.

Conheci a Rita quando entrei na universidade e, sempre que a observo, eu fico ainda mais admirado com a sua trajetória. Filha de um empresário, ela é a imagem da contradição. Sofisticada, adora assistir filmes de arte no Cine Roxy e no Pathê, saborear vinhos e comidas diferentes – seu prato predileto, a sopa de tartaruga do restaurante Haus Muchen. Ela toca também piano muito bem e até já dançou balé. Qualquer um percebe que a sua origem e formação são extremamente burguesas, mas, depois de estudar economia e sociologia no curso básico das ciências humanas, Rita se engajou de corpo e alma no ME.

Desde de 76, ela participa ativamente de tudo, fissurada por reuniões no DA e no DCE que, quase sempre, varam a madrugada. Logo, Rita aprendeu a usar o mimeógrafo e é sempre a primeira a se candidatar, depois das reuniões, para imprimir os boletins e panfletos com as decisões tomadas.

– Gosto do cheiro da tinta no papel. Não há nada mais gostoso do que ver um panfleto saindo do forno... – ela sempre diz, embora depois reclame das mãos e unhas encardidas pela tinta que espirra dos velhos mimeógrafos.

LIBERTEM
NOSSOS
PRESOS!

De manhã, Rita é uma das primeiras a chegar à universidade, quando tem agitação na portaria, e, apesar das críticas de muitos – de que a causa revolucionária para ela é apenas um hobby – sua dedicação integral ao ME é exemplo para todo militante novato, como eu...

OOO

– Com essa mobilização nacional, se ela for realmente representativa como eu estou acreditando, daremos um duro golpe no governo militar. É a resposta do movimento à prisão dos companheiros em São Paulo e a garantia para que não haja mais assassinatos nos porões dos DOPS e dos DOI-CODIs, como as do Alexandre Vannucchi Leme, do Vladimir Herzog e do companheiro operário Manuel Fiel Filho... Esse nosso primeiro dia nacional de lutas vai entrar pra história! Pode escrever isso, Lúcia... – prognostiquei satisfeito, enquanto seguia com ela para a Escola de Direito.
– Não sei não, Fernando! Acho que essas manifestações serão importantes, mas acreditar que elas podem alterar a correlação de forças é pura ilusão. O governo militar está é recrudescendo. Baixou a Lei Falcão, para impedir a propaganda política da oposição na televisão e no rádio nas eleições municipais do ano passado... E agora baixou o Pacote de Abril, fechando o Congresso, suspendendo as eleições diretas pra governador no ano que vem e impondo os senadores biônicos, pra manter o controle sobre o colégio eleitoral e impor na presidência um novo general. Dizem até que o candidato do Geisel será o chefe do SNI... – ela devolveu.
– Eu não disse que vai mudar a correlação de forças, Lúcia. Mas o seu erro é só pensar no movimento revolucionário do ponto-de-vista da oposição burguesa e das eleições. Abra os ouvidos pra realidade, me escute: o que eu falei é que são manifestações da massa, como essas que estão ocorrendo agora pelo país, que podem fazer avançar o movimento popular, operário e camponês. Portanto, não quis dizer que o dia nacional de lutas vai mudar a correlação de forças de imediato. Apenas que ele é o início de uma escalada, sem volta, na luta pra derrubar o governo militar e o sistema capitalista... – retruquei.
– Fernando, a votação maciça no MDB nas eleições de 74, elegendo a maioria dos senadores, inclusive o Itamar Franco por Minas, e mais de 160

deputados de oposição, quando se esperava a vitória do partido governista, a ARENA, foi uma demonstração de crescimento da luta do povo e da sociedade brasileira contra o regime de exceção. Pra mim, Fernando, esse sim foi o primeiro grande golpe...

– Quê isso, camarada Lúcia? Como se pode falar em vitória contra o regime se o povo votou em candidatos burgueses, reacionários? Ou você acha que o MDB, que foi criado pelos próprios militares, é um partido realmente de oposição? E o que você diz das eleições no ano passado, quando a ARENA ganhou a maioria das prefeituras?

– O partido do governo realmente ganhou a maioria das prefeituras, ajudado pela Lei Falcão, que proibiu que os candidatos pudessem expor suas propostas na televisão e no rádio. Mas mesmo assim, os emedebistas ganharam nas capitais e nas maiores cidades, elegendo o maior número de vereadores, Fernando. E tem a ala dos autênticos, dos parlamentares progressistas, que saiu fortalecida das eleições... – ela respondeu.

– Sempre as eleições burguesas, o MDB e os tais autênticos – tudo farinha do mesmo saco! Sai dessa, camarada Lúcia! O caminho da esquerda nessas eleições fajutas, que só servem para legitimar o governo militar, é fazer campanha pelo voto nulo, de protesto. Essa sim é a forma correta de demonstrar o descontentamento dos trabalhadores com a ditadura militar e o sistema capitalista...

– Você não tem mesmo jeito, Fernando! Continua o maior radical da paróquia. Até hoje não entendeu que é necessário fazer alianças táticas com a burguesia progressista; e esse foi o caso nas eleições de 74 e de 76. Como você pode desconhecer, também, a importância da anticandidatura do deputado emedebista Ulisses Guimarães e de seu vice, o velho jornalista da ABI, Barbosa Lima Sobrinho, contra o general Ernesto Geisel no colégio eleitoral em 73? E do crescimento do grupo de deputados autênticos do MDB?... É claro que estou careca de saber que o MDB é uma oposição consentida pelo próprio governo, mas, de qualquer maneira, é oposição e o seu crescimento vem enfraquecendo os militares. Foi de 74 em diante que o próprio governo começou a falar em abertura política, distensão, essas coisas...

– Que abertura que nada! Os milicos acenam com os anéis pra não perder os dedos. – eu desdenhei.

– Sim, Fernando, mas fruto do acúmulo de forças, em que a oposição democrática tem um papel estratégico. Como desconhecer a importância das manifestações do povo em 76, nos enterros dos ex-presidentes JK e Jango, pra luta pela liberdade e pela democracia? Tudo isso conta pro acúmulo de forças! Além do mais, Lênin escreveu várias vezes sobre a importância das alianças táticas com setores progressistas da burguesia...

– Sua interpretação do livro *Duas táticas da Social-democracia*, do camarada Lênin, é completamente deturpada, Lúcia! Da burguesia, mesmo da dita democrática, o movimento operário deve sempre procurar distância. Quando as coisas apertam e os seus interesses econômicos são ameaçados, ela se une novamente, traindo os trabalhadores, já dizia o próprio Lênin. E a derrota da revolução democrática no Chile, esmagada pelo general Pinochet, comprova isso! – rebati.

– Então, não devemos sequer defender propostas históricas da burguesia e de interesse fundamental para os trabalhadores, que vêm da Revolução Francesa, como as liberdades democráticas, a justiça e a igualdade? Pra vocês, da *Participação*,[1] isso seria cair no conto da carochinha da burguesia? – ela insistiu.

– Exatamente, Lúcia, e a camarada já conhece a minha posição, mas vou repetir. A tese defendida pelos camaradas do Partido Comunista Brasileiro, de que primeiro devemos passar por uma etapa democrático-burguesa antes da revolução socialista, nasce de uma análise equivocada da realidade brasileira. Não existe um regime semi-feudal no Brasil; o quê vigora aqui é um capitalismo dependente e selvagem, cuja derrubada exige um programa revolucionário claramente socialista... – afirmei.

– Tou careca de saber a sua posição Fernando... Mas e sobre as liberdades democráticas, o quê o camarada me diz? – Lúcia martelou.

– Já disse, o etapismo de vocês não tem base na realidade... Ao invés da democracia burguesa, o que os revolucionários têm de defender é a liberdade política para todos os trabalhadores! Liberdade política, camarada, essa é a palavra de ordem! Repito: não tem essa de que, pra chegar ao socialismo, um país tem de passar pelo capitalismo e pela democracia

---

[1] Tendência estudantil ligada ao Movimento de Emancipação do Proletariado (MEP), uma organização clandestina fundada em 76 que defendia um programa socialista para o Brasil.

burguesa. Está aí, pra provar o que eu digo, a vitoriosa revolução cubana. Quando acreditou na aliança com a burguesia, a esquerda se fodeu. O resto é conversa fiada, é reformismo, é fazer o jogo da burguesia, como, aliás, faz o Partido Comunista, o seu *partidão*, a toda hora...
— Não sectariza e baixa o nível, Fernando. Assim não dá pra conversar, porra! O PCB que você desdenha e acusa de colaboracionista é a organização mais perseguida por este governo, que desbaratou a gráfica da "Voz Operária", prendeu, matou e quase exterminou o nosso comitê central em 75, no Rio. Essa é a verdade que você não enxerga. Mas não vamos chegar a lugar nenhum com este papo! A história é que vai dizer quem de nós está correto, camarada. O melhor agora é a gente agitar a Direito... — ela reagiu irritada, apertando o passo em direção à faculdade.

OOO

— Com licença, professor! Queremos dar um toque no pessoal sobre a manifestação que faremos hoje à tarde lá na Faculdade de Medicina. Podemos entrar? É só um minutinho... — Rita perguntou pela fresta da porta da sala de aula.
— À vontade, desde que seja mesmo rápido, menina! — ele respondeu.
— Obrigado, professor... Mas... Pessoal!... Colegas nossos... foram presos em... em... São Paulo... Todo mundo à... manifestação... Hoje à tarde... — gaguejei, como se estivesse *chapado*, com a língua presa.
E de repente a gagueira aumentou, até eu ficar sem palavras, com o branco anuviando a minha mente. A sala repleta e a estudantada olhando aumentaram mais ainda a minha aflição... E a ânsia para que as palavras saíssem de minha boca! Mas, para piorar a minha situação, fiquei vermelho de vergonha e aí é que não saiu mais nenhuma palavra... O mundo escureceu e parecia que ia acabar! Felizmente, a Rita percebeu o meu embaraço e tomou a palavra:
— Pois é, colegas! Como disse o companheiro Marcos, hoje, a partir das cinco horas da tarde, vamos fazer um grande ato público na Medicina, para exigir a libertação dos nossos colegas presos pela repressão em São Paulo. Os companheiros foram presos apenas por que convocavam um protesto pacífico no dia do trabalhador, no primeiro de maio, contra os baixos salários, a

carestia e a falta de liberdade. Mas, em todo o país, os estudantes resolveram se unir e sairão às ruas hoje em protesto pelas prisões. Queremos liberdade para os nossos companheiros presos! Exigimos anistia para todos os presos políticos exilados e perseguidos pelo governo militar! Vamos todos ao ato público do dia nacional de luta contra as prisões arbitrárias! Quanto mais gente estiver lá, mais difícil será pra repressão fazer qualquer coisa. Unidos somos fortes! A união faz a força – ela discursou com a voz firme, cativando a atenção dos estudantes e até do professor.

Como eles, eu também ficara eletrizado pela segurança que a voz e a desenvoltura de Rita transmitiam, mas a força das suas palavras espocava também como navalha na minha carne, como se denunciasse a minha timidez e insegurança pequeno-burguesa. Ao contrário de mim, ela mostrava ter superado os traumas de sua classe...

Mas que merda! Não é hora pra *bode*! Bola pra frente, eu pensei. Afinal, o que importava mesmo era a perspectiva de realizarmos um puta ato público à tarde; igual aos de 68! E isso só dependia de nós, da nossa capacidade de mobilizar os estudantes, de agitar as massas...

TRÊS

Sobre a realização do ato proibido no dia nacional de lutas contra as prisões arbitrárias. Fernando, Robertão, Suely e Conde divergem sobre a direção do ato.

Não eram ainda cinco horas da tarde e a maioria dos dirigentes estudantis já estavam no pátio da sede do Diretório Acadêmico da Faculdade de Medicina. Pequenos grupos de estudantes se concentravam também na alameda, sob as sombras das frondosas árvores fícus, mas a minha preocupação maior era se o grosso da massa realmente apareceria para o ato público. Em todas as escolas de Belo Horizonte a agitação havia sido *porreta*, segundo o relato de todos os camaradas que chegavam ao Diretório Acadêmico. Mas o ato fora proibido pelo governo e como os estudantes reagiriam à repressão, que já mostrava as garras nas proximidades da faculdade, ao longo da avenida Alfredo Balena e no portão principal? Essa era a minha maior dúvida...

– Porra, se a massa se intimidar com a repressão e não pintar será uma puta derrota, uma demonstração do medo e da fraqueza pequeno-burguesa. É foda ter de lidar com essa classe! – resmunguei para os companheiros.

Felizmente, nem todos os meus camaradas estavam grilados como eu.

– A agitação foi do caralho, Fernando! A massa vem. Aposto com você! – garantiu Renato.

– Deixa de grilo, camarada! O Renato tem toda razão. Os estudantes virão em peso! – Carla concordou, encarando-me.

Ao constatar que os meus companheiros não estavam tão preocupados como eu, relaxei e continuamos a discutir o eixo da minha fala no ato público. Conversa vai, conversa vem, a eloquência de Robertão em um grupinho próximo ao nosso chamou-me a atenção e, bom de ouvido, julguei que ele estava tratando da composição da mesa, de quem teria ou não o direito à palavra, quais políticos e representantes de entidades falariam ou seriam citados... Curioso, apurei o ouvido:

— O negócio é o seguinte, companheiros! O pessoal do *partidão* até que agitou, reconheço... Mas eles são gatos-pingados, não têm força no Movimento Estudantil de BH! Então, se falar alguém do *partidão*, eu defendo que seja alguém que os represente nos movimentos populares. E vamos bancar isso porque a direção do ME é nossa! Afinal, em São Paulo e em todo o país, quem está agitando a massa é a gente. — ouvi Robertão argumentar.

— Quê isso, Robertão? A decisão de quem vai falar não é de vocês! Nós também agitamos a massa estudantil, participamos da organização dessa porra de ato público! Exigimos falar! Temos direito de apresentar nossas propostas! E mais: não concordo que políticos reacionários e da direita do MDB falem! — eu me intrometi na conversa de supetão, bufando de raiva.

— Só porque vocês da *Refazendo*[1] têm maior força no ME — e eu reconheço isso — não significa que podem mandar no movimento e fazer o que quiserem. Não aceito rolo compressor! A decisão sobre quem fala ou não no ato é do coletivo! — emendei ainda mais incisivo.

— Calma, Fernando, deixe de ser estressado! Você pegou o bonde andando, companheiro, e não é isso que estamos propondo... Acho até que vocês podem e devem falar, mas o pessoal da *Unidade*, do *partidão*, não; só se não for gente do ME! E não aceito veto aos autênticos do MDB. Eles estão dando a maior força ao nosso dia nacional de luta. Mas... Espere um pouco, companheiro! Como combinado, daqui a pouco vamos nos reunir na sala do DA e aí acertamos a composição da mesa e as falações... — respondeu Robertão.

— Stress que nada, camarada! O movimento é que não pode parar, esperando o conchavo de vocês! A reunião com as tendências estava marcada pras quatro horas e já são mais de cinco! Vai começar a escurecer... A massa tá chegando e lá fora tá uma zona!

— Caralho, Fernando! Espera um pouco só... — Robertão pediu e eu me afastei...

---

1 Tendência estudantil ligada à Ação Popular Marxista Leninista (APML), organização clandestina que reuniu grupos católicos e dissidentes comunistas críticos ao PCB.

PELA
LIBERDADE
DE
MANIFESTAÇÃO!

OOO

A cada minuto que passava, o clima de tensão crescia no pátio do DA, já lotado de estudantes. Quem entrava, trazia novas notícias, alarmantes, muitas exageradas. Mas o fato era que a Secretaria de Segurança do Governo de Minas – pressionada pelo comando da 4ª região do Exército de Belo Horizonte e pelos agentes do Serviço Nacional de Inteligência –, havia armado um puta esquema para reprimir o ato do dia nacional de luta e, sobretudo, para impedir que nós saíssemos às ruas, eu deduzi. Quando vinha para a Faculdade de Medicina no meio da tarde, reparei que a Polícia Militar e os agentes da Metropol já estavam por todos os cantos no centro da cidade, mas quando cheguei disseram-me que, na verdade, o esquema de intimidação começara muito antes, ao meio-dia.

Até então, eu nunca tinha visto a tal tropa de choque da PM, a não ser pelos relatos da repressão ao Movimento Estudantil em 68. Agora o quadro que pintavam tornara-se desesperadoramente real: os soldados, protegidos pelos capacetes com viseiras de acrílico enfiados sobre a cabeça e pelos escudos, todos armados com longos cassetetes, já estavam ali às nossas portas, cercando a frente da faculdade. No portão principal, deixaram apenas uma pequena passagem, para quem tivesse coragem de entrar...

– Pô Tavares, tem milico pra caralho lá fora! Quem ainda não entrou na faculdade não vai ter coragem de passar pelos soldados e pelos cachorros pastores-alemães! Haja coragem... – murmurei aflito.

– Claro que vão, Marcos! Dê uma olhada e veja com os seus próprios olhos. Tem muita gente descendo para o DA agora...

– O quê? – respondi surpreso, voltando os olhos na direção do portão principal. E aí, saindo do transe paranóico, vi que a alameda estava mesmo apinhada de estudantes descendo em grupos para o DA.

Como que despertado por aquela histórica visão, vi o meu temor ser logo varrido por uma euforia incontrolável, que me arrepiou dos pés à cabeça. E não tive dúvidas! Agarrei Tavares pelo braço e sai ziguezagueando pela multidão reunida no pátio do DA, em direção ao portão. Descemos a escada e saímos correndo que nem loucos pela alameda, gritando com todas as forças:

– Abaixo a repressão!... Abaixo a repressão!... Liberdade para os nossos companheiros!... Pelas liberdades democráticas!... O povo, unido, jamais será vencido!... O povo, unido, jamais será vencido!

Enquanto corríamos pela alameda, outros companheiros foram se juntando a nós e as nossas vozes logo se dissolveram em um rítmico e emocionante turbilhão de palavras de ordem, ribombando em meio às árvores. Ao escutarem os nossos gritos, os estudantes que se aglomeravam do lado de fora, atrás das grades da faculdade e do cordão de isolamento da polícia, começaram também a gritar.

E um mar de palavras de ordem inundou também a avenida Alfredo Balena.

OOO

– O Fernando já me encheu o saco sobre essa história de quem fala no ato, Suely! Estou de acordo; acho mesmo que ele tem de falar... A *Participação* agitou pra caralho na Católica e trouxe muita gente das escolas isoladas. Minha proposta é que ele vá pra mesa e fale. Agora, não concordo com a proposta dele, de que os deputados do MDB autêntico não falem. Eles estão nos ajudando... Têm de falar, porra! – disse, enquanto aguardava os companheiros das tendências, sentado à cabeceira da mesa de reuniões do DA.

– Nós também concordamos com vocês, Robertão! – Suely aquiesceu e continuou a falar com a sua desenvoltura de sempre:

– Minha proposta é a seguinte: fala você, Robertão, pela Federal. O Aurélio, pelas escolas isoladas, o Fernando, pela Católica, e mais um estudante secundarista, da UMES ou do COLTEC. Também falam, é lógico, os deputados progressistas e os representantes dos sindicatos dos Bancários e dos Jornalistas, se eles vierem. Ah... Proponho também que o pessoal do *Jornal dos Bairros*, do *De Fato* e do *Movimento* fale, se pedirem a palavra...

– Protesto, Suely!... Não sei se escutei direito, mas não ouvi você falar na gente! A *Liberdade e Luta*[2] também tem o direito de falar no ato! – reagiu o Conde, acabando de entrar na sala e se sentando à mesa de reuniões.

---

2 Tendência estudantil trotskista ligada à Organização Socialista Internacional (OSI), um dos rachas da IV Internacional fundada por Leon Trotsky.

– Mas, convenhamos, companheiro Conde, vocês não têm nenhum DA! – provoquei, com a voz irritada.

– Quê isso, Robertão? Não admito autoritarismo! A liberdade de expressão é uma das nossas principais bandeiras... Todas as tendências políticas têm o direito de falar, tendo ou não Diretório Acadêmico... – Conde tentou reagir, mas eu o interrompi e prossegui:

– Porra, Conde, é só uma troca de ideias, minha com a Suely. Vamos esperar todo mundo chegar pra gente fazer a reunião e aí a gente delibera... – falava, quando fui interrompido pelos gritos do Tavares que acabara de entrar esbaforido na sala:

– Companheiros! Os milicos não vão deixar a gente realizar o ato público nem na puta que pariu. A passagem da portaria foi bloqueada com um paredão de soldados e a faculdade está isolada. Ninguém está podendo mais entrar! E os milicos estão botando pra quebrar na avenida também, intimidando a massa. Muitos estudantes estão voltando pra traz... Tá uma zorra geral lá fora!

– Como é que é, Tavares? Fale devagar... – pedi.

– É isso mesmo, Robertão! A entrada tá bloqueada. Têm dois cordões de milicos, um voltado pra avenida e outro pra faculdade. Nunca vi tanto meganha junto, nem em clássico do Atlético e do Cruzeiro no Mineirão. Eles só estão deixando professores e funcionários saírem do campus, ninguém mais sai e nem entra. Acho que a polícia vai invadir... – Tavares respondeu, agora com a voz pausada.

– Calma Tavares! Calma gente!... Precisamos manter a cabeça fria... Não acredito que eles vão invadir a faculdade... – Suely disse, olhando pra mim.

– Mas invadiram a FAFICH em 68... – Tavares retrucou.

– Vamos chamar o pessoal e fazer logo a reunião, pra decidirmos o que fazer... – sugeriu Aurélio.

– A conjuntura de 68 era outra, Tavares! Mas Aurélio, não dá mais tempo pra fazer a reunião. A melhor estratégia agora é reagir atacando! Vamos fazer o ato público de qualquer jeito! – afirmei.

– Concordo com o Robertão! Temos de fazer o ato público agora... – Conde disparou.

– Eu vou lá pro pátio então, pra organizar a mesa e segurar a massa. Robertão vai comigo. Tavares, você volta lá pra perto da portaria e continue agitando a massa. A qualquer sinal de invasão, mande nos avisar e recue. Puxe todo mundo pro pátio do DA, ok? Aurélio, você viu alguém dos sindicatos ou da imprensa alternativa lá fora? Procure... – Suely falou, distribuindo ordens.

– Não vi não... Mas vou verificar e te informo... – respondeu Aurélio, levantando-se de um pulo.

– Pra agitar a massa no portão, você é muito bom, Conde. Você topa ir prá lá com o Tavares? – perguntei e ele concordou, levantando-se também.

– Vamos gente! A hora é agora! – Suely convocou, saindo da sala em disparada.

OOO

Eram mais de seis horas da tarde, o entardecer tornara o fim do dia quase um breu e a Faculdade de Medicina estava na maior confusão. Grupos se espalhavam pela alameda e em frente à portaria os estudantes enfrentavam o cordão de soldados, gritando palavras de ordem que ecoavam por todo o campus. No pátio do DA, a confusão também era enorme, todo mundo falando ao mesmo tempo. Havia no ar um clima de medo, mas também de satisfação, principalmente quando Suely gritou que o ato público teria início. Aí, a massa fez silêncio e aplaudiu, extravasando a euforia, até então contida, de estarmos realizando, nas barbas da repressão, uma manifestação política de protesto.

Como eu, a maioria dos que estava ali no pátio nunca tinha participado de um dia nacional de luta e sequer de um ato público, ainda mais de um proibido pelo governo militar. Apenas cultivávamos, com admiração, os relatos dos idos da década de 60, da força da UNE no movimento pelas reformas de base do governo João Goulart; da luta contra o golpe militar de 64; e das manifestações e grandes passeatas, como a dos cem mil em 68.

Depois disso, veio a radicalização do regime militar, a perseguição feroz às esquerdas e o silêncio medroso e cúmplice da classe média. E assim, diante do recrudescimento do regime e do terrorismo militar, as lideranças maiores do ME acabaram caindo na clandestinidade, cativadas pelas tentações dos focos guerrilheiros, defendidos pelos maoístas, e vitoriosos na revolução cubana de Fidel Castro e Che Guevara.

Lembrei então do livro que acabara de ler, *A revolução na revolução*, escrito pelo jornalista Régis Debray, o companheiro do Fidel que lutou com o Che na Bolívia... Além do erro de tentar transpor para a revolução brasileira o modelo cubano de luta armada, a verdade é que as esquerdas não souberam avaliar corretamente a mudança de conjuntura naquela época, quando a classe média foi cooptada pelos militares com a promessa do paraíso de consumo do "milagre econômico", analisei, enquanto ouvia Suely convidar os primeiros integrantes da mesa.

E os militares souberam aproveitar muito bem a vitória do Brasil na Copa do Mundo de Futebol de 70, insuflando o patriotismo fascista na população e criando o bordão "Brasil, ame-o ou deixe-o", pensei. Assim, com o trunfo do "milagre" e com o sucesso da propaganda fascista, a ditadura pode deitar e rolar, prendendo, torturando e trucidando centenas companheiros das esquerdas que se engajaram na luta armada, como na guerrilha no Araguaia, refletia, quando fui desperto pela voz da Rita.

– Onde você estava, Marcos? Puta que pariu! Os soldados estão descendo o cacete lá fora! Pegaram alguns estudantes e quem tenta entrar na faculdade agora está dançando... – ela falou, ao chegar esbaforida perto de mim.

Agarrada ao seu braço, Carolina, sua prima, estampava no rosto a apreensão e o medo. Senti uma pontada de medo também e, de repente, minha vontade era não estar ali. Teria sido melhor continuar fumando meus *baseados*...

– Desci pra fazer xixi, mas já estava voltando pro portão. Caralho, Rita! Então, fecharam a entrada mesmo? Mas a Suely já está começando o ato público... – disse.

– Tô vendo... Mas ainda tem muita gente lá na portaria! Vamos lá avisar que o ato tá começando? – Rita perguntou elétrica.

– Mas como?... Eu... estou cagando de medo... Acho que não dá mais pra gente voltar, Rita... – gaguejou Carolina.

– Qualé, Carolina, deixa de ser medrosa! Eu já estou indo... Vamos, Marcos? – Rita convocou-me, desvencilhando-se da Carolina e caminhando em direção à escada do pátio.

De repente, ouvimos o pipocar de bombas e explosões do lado de fora da faculdade.

OOO

— Volta pro pátio, Rita, vamos recuar... Tô achando que os milicos vão entrar no campus! – gritou Tavares.

— Marcos, os milicos estão violentos pra caralho. Vi uns filhos da puta agarrarem o Conde. E tem um veado baixinho à paisana, que só pode ser da Metropol, que está descendo o cacete nos estudantes lá fora, mais até que os meganhas! O cara parece até o Kojak da televisão... Além das porradas, tão jogando bombas e juro que ouvi tiros também. Tá um cheiro de *peido alemão* terrível! Vamos descer pro DA... Rápido, companheiros! – Tavares insistiu nervoso.

— Filhos da puta! Melhor recuar mesmo. Vamos convocar a massa... – vociferei.

— Companheiros! Vamos descer pro DA, mas com calma, sem correria! O ato público já começou! – Rita gritou. Então, ela agarrou a minha mão e lentamente começamos a descer a alameda, sempre olhando pra traz, gritando e puxando palavras de ordem. Quando chegamos ao pátio, o ato público pegava fogo.

— A polícia não vai invadir a faculdade, não vai violar a autonomia universitária, companheiros! Lá fora, um grupo de deputados e advogados já está negociando com a polícia. Falamos com eles pelo telefone... Mas o importante é sabermos que, apesar de toda essa repressão descomunal, nosso movimento é uma vitória. De Norte a Sul do país, o regime militar está sentido na carne a força organizada dos estudantes, pela primeira vez nos últimos nove anos. Não nos calamos! Não nos calaremos! Nunca mais abaixaremos a cabeça diante da violência e do arbítrio! E, estejam certos: somente mobilizações como essa podem vencer a repressão, garantir a liberdade para os nossos companheiros presos! Apenas mobilizações corajosas como essa podem fazer avançar a luta pela liberdade e pela anistia. Basta de violência e arbítrio! Lutamos pelas liberdades democráticas! Pela liberdade de manifestação e organização! Viva a nossa luta! Viva a União Nacional dos Estudantes... A UNE somos nós!... A UNE é nossa força e nossa voz!... – gritava Robertão a plenos pulmões, empoleirado sobre uma mesa.

— Companheiros e companheiras! Quando assassinaram o jornalista Vladimir Herzog nos porões do DOI-CODI em São Paulo, milhares de pessoas participaram de um ato ecumênico na Catedral da Sé, convocada por Dom

Paulo Evaristo Arns, e a repressão não pode fazer nada! Mesmo depois do Pacote de Abril, intelectuais, artistas e jornalistas tiveram a coragem de fazer um abaixo-assinado contra a censura e pela liberdade de expressão. E a repressão não pode fazer nada! Quando mataram o operário Manuel Fiel Filho, a censura não conseguiu calar a imprensa. E a repressão também não pode fazer nada! Quem cala consente, mas nós não nos calamos! Jamais calaremos! Exigimos liberdade! Soltem nossos presos, libertem os nossos colegas, é o que queremos. Pela anistia ampla e geral! Pelas liberdades democráticas!... Viva o nosso vitorioso dia nacional de luta contra as prisões arbitrárias! Queremos liberdade! – discursou Suely em seguida, arrancando gritos e aplausos dos estudantes que em uníssono começaram a gritar com ela:

– Queremos liberdade!... Queremos liberdade!... Queremos liberdade!...

Após Robertão e Suely, os oradores iam se revezando, formando uma corrente mágica e poderosa. E eu, Marcos, enchi o peito, orgulhoso por estar ali no primeiro ato público, depois de nove anos de silêncio da massa!

QUATRO

Sobre fazer provas ligada pelo barato das bolinhas de anfetamina. O tiro sai pela culatra e Andréa não consegue responder nenhuma questão de matemática.

Não eram ainda sete horas da manhã e eu já estava indo para o Colégio Pitágoras, puta da vida! Teria de fazer uma prova de matemática fodida, mas não tinha estudado nada e, além de tudo, tinha brigado com a mamãe, como sempre... Acabei saindo à noite com o Rogerinho e caímos no porre. Cheguei em casa à uma da manhã, de fogo, e foi a vez de enfrentar a barra do *canastrão* do papai, sempre cheirando a mofo, que estava acordado, fingindo assistir o Corujão da Globo, mas na verdade me esperando, para marcar os meus horários e controlar os meus passos...

Resolvi dar uma parada no bar do Zé, perto da praça da Igreja da Boa Viagem, a menos de um quarteirão do colégio, para comprar um cigarro. Lá, sempre encontrava alguém, tomava uma Coca-Cola e ia pro colégio, conversando fiado. Algumas vezes, a coisa acontecia diferente: eu acabava tomando uma cervejinha, uma pinga, pintava a possibilidade de uma *bolinha*, um *Mandrix*, melhor um *Desbutal*, e eu ia *ligadona* para o colégio, se tivesse prova. Ou simplesmente desistia, se não tivesse prova, e passava o dia inteiro perambulando pela cidade, sem compromisso...

De repente, me peguei cantarolando a música da Rita Lee "ando meio desligado, eu nem sinto meus pés no chão..." Mas a merda é que nem sempre encontrava um amigo louco como eu para fazer esse tipo de programa... Se hoje pintasse, ia ser o maior barato e eu teria de escolher entre fazer a prova ligada ou mandar tudo pra puta que pariu, sonhei, entrando no bar.

Aquele era um baita de um cu sujo dos bons! Engradados de cerveja empilhados pra tudo que é lado; chão encardido sem ver água há muito tempo; e aqueles tira-gostos de vários dias, embebidos na gordura... Mas como eu gostava daquele bar! Pelo menos, não tinha frescura e eu já estava de saco cheio de frescura – das lá de casa, principalmente... Mas não vi conhecido no bar e já estava resignada em, simplesmente, comprar o cigarro e subir pro colégio, quando dei com o Mula Branca, saindo do banheiro. Pelo visto, ele já estava *chapando* – ou eu queria que estivesse? Andei em sua direção, dei-lhe um beijo e fui logo perguntando baixinho, sem esconder a ansiedade:

– Ô Mula, tudo bem, bicho? Você tem alguma coisa em cima aí? Vou fazer uma prova de matemática e não sei nada, cara! Me dá uma ligada! Só umazinha, desde que não seja com xarope, que eu não gosto nem fodendo...

– Graças a Deus eu não tenho prova hoje, Andréa. Mas tá em cima, bicho. Topa tomar uma cervejinha também? – ele perguntou.

Assenti com a cabeça alegremente, imaginando que eu já estava com o dia ganho. A prova seria no segundo horário... Então, dava pra matar a primeira aula e subir numa boa pro colégio depois; ou simplesmente ir embora, eu pensei, enquanto seguia o Mula Branca até uma mesa na calçada. Aquele cara era um chato de *galocha*, todo mundo achava e eu também, mas pelo menos sempre tinha alguma coisa em cima e, quando ele ficava *loucão*, chegava a ser agradável...

Tínhamos pedido uma cerveja e seu Zé trouxe-a, carrancudo. E nos deu o sabão de sempre; o que tornava o primeiro gole mais gostoso ainda.

– Menina, isso não é hora de beber! Vocês têm de estudar pra ser alguém na vida. Uma menina tão bonita, de boa família, e bebendo logo de manhã... – ele disse emburrado, fitando-me nos olhos.

– Qualé, seu Zé! É apenas uma ajudazinha para eu acordar e fazer melhor uma prova! – respondi, tentando contar quantas vezes já havia ouvido aquele conselho e dado a mesma resposta: umas dez mil vezes, pelo menos!

Por baixo da mesa, Mula me passou um *Mandrix* depois que seu Zé saiu; e eu não quis nem saber: tomei-o junto com o primeiro gole de cerveja. Ficamos ali então, conversando bobagens e mais bobagens, e eu, é claro, escutando o Mula falar da paixão por carros, motores e carburadores envenenados; rodas de tala-larga; estabilidade em curvas e toda essa mecânica comum no papo dos garotões. Pela décima quinta vez, ele me falou do seu grande sonho em ser piloto de corrida, garantindo que só continuava estudando por que o pai obrigava ou melhor, o pai tinha dito que se ele passasse de ano lhe daria um carro, um *Chevette*, e ele o incrementaria pros pegas no Mineirão.

Seus olhos chegavam a brilhar e eu até comecei a achar que sua pupila não era redonda. Na verdade, fazia o desenho de uma pista de corrida. Falei com ele sobre isso e comecei a rir, mas ele ficou puto da vida comigo:

– Pô, bicho, não me goza! Desde pequeno sou fissurado por carros e ainda vou ser piloto de Fórmula 1. E vou vencer, como Emerson Fittipaldi em 72 e 74. Bicampeão! Você vai ver Andréa... – ele reagiu *bodado*.

Logo eu consertei a história, para não perder o canal, e em pouco tempo o Mula já estava legal comigo outra vez, rindo à toa. Conversamos mais um pouco, quando me deu uma vontade fodida de ir ao banheiro. Levantei da cadeira e percebi que estava *zuadinha*, ligadérrima! Contive-me para não pirar o *cabeção* ao caminhar pro banheiro, mas então percebi que só a minha cabeça estava zoada: meu corpo e minhas pernas estavam firmes. Nunca fiz tanto xixi na minha vida, eu suspeitei, sentada naquela privada suja que nem um pedaço de papel higiênico tinha...

Então, lembrei do vestibular, pensei na prova... E resolvi fazê-la! Quantas horas seriam? Levantei num pulo, suspendi a calcinha e ajustei a calça caqui do uniforme. E saí correndo, gritando pro Mula me esperar, que eu voltaria e racharia com ele a conta...

OOO

Cheguei ao colégio e tive que jogar a maior dobra no porteiro pra entrar. Ainda bem que ele era novato e, com uma conversa fiada, de que tinha ficado estudando até àquela hora pra fazer a prova e de que não podia perder média, acabei conseguindo que me deixasse entrar. Passei pelo pátio da cantina e subi os três lances de escada até o andar da minha sala, voando, sem parar pra conversar com ninguém. É claro que o professor ainda não tinha chegado, mas a *caxiada* já estava toda dentro da sala e eu, na porta, dei uma olhada geral no ambiente, pra ver perto de quem me sentaria.

Ao lado da Rosinha e da Mariana, não poderia ser: as mulheres não gostam de mim e muito menos de me dar cola! Se ao menos a Tânia fosse da minha sala... Vi, então, o Alberto: um menino tímido, mas que sempre sabia tudo na ponta da língua, pelo menos em física. Mas se ele sabia física, devia ser bom também em matemática, eu raciocinei, dirigindo-me, apressada, para a carteira vaga ao seu lado. Atabalhoada, sentei e, com um sorriso sedutor, o cumprimentei. Na *cara de pau*, fui logo perguntando baixinho se ele me daria cola. Ele enrubesceu, mas respondeu afirmativamente balançando a cabeça.

Fiquei ali ansiosa, mas paradona, segurando as pernas e aguardando o porra do professor Aurélio chegar. Na escola, corria o papo de que ele era comunista e subversivo. Ele era, realmente, meio esquisitão... Cabelo *black power*, meio zarolho e óculos de garrafa, andava com uma roupa meio surrada sempre, uma velha sandália de couro e não dava muita bola pra gente, mas também não incomodava. Durante as provas, contudo, ele era um chato, rigorosíssimo; e era a maior dificuldade colar...

– É um puto! – eu murmurei baixinho, ao lembrar que foi por causa dele que eu estava agora dependurada.

Estava assim absorta, quando o professor entrou, saudou a turma com um lacônico bom dia e foi logo pro quadro negro, esquecendo-se da chamada. Se ele esquecesse a chamada todo dia seria um barato, eu imaginei, custando a entender aquela porrada de números e fórmulas que ele escrevia no quadro, pra gente resolver. Estava mesmo fodida, pensei, olhando furtivamente para o Alberto, que, compenetrado, já começava a copiar as questões. Ele seria a minha salvação total, tive certeza!

O papel sobre a minha carteira continuava literalmente em branco e eu teria de, pelo menos, copiar aquela porrada de números. Minhas mãos estavam tremendo e percebi que, novamente, a *bola* bateu: eu estava doidona! Senti uma puta aflição e quando vi o meu primeiro traço, todo torto sobre a folha, voltei aos tempos do jardim de infância. Alberto, de soslaio, olhou para mim, parecendo dar-se conta de minha situação. Firmei a mão, botando na cabeça que a loucura era só na mente, não no corpo, e podia ser controlada, comandando: escreve Andréa!... Escreve Andréa!... Aquilo deu certo e, pelo menos copiar as questões do quadro, eu consegui.

O professor Aurélio estava na mesa, na frente da turma, parece que fingindo ler um livro... Eu já tinha acabado de copiar as questões e estava ali agitada, sem saber o que fazer... Olhando de lado, para não dar *bandeira*, vi que o Alberto ainda não havia concluído nenhuma das questões e fiquei mais ansiosa. Fingi então escrever alguma coisa, compenetrada, e em seguida me abaixei, dando um cutucão na sua perna, mas ele fez um sinal para que eu esperasse. Não sei quanto tempo depois, dei outro cutucão e o Alberto fez outro sinal, agora irritado. Era uma merda esperar e eu agora balançava as pernas sem parar, quando resolvi cutucá-lo pela terceira vez.

– Pô, Andréa, dá um tempo! A prova tá difícil pra caralho... – ele sussurrou.

Tive a impressão de que o professor percebeu, pois ele se levantou, vindo em nossa direção. É agora que a vaca vai parar no brejo, eu pensei nervosa, enquanto ouvia cada um dos passos do professor como um tambor em minha cabeça. Do meu lado, contudo, a aflição de Alberto era mil vezes maior e eu não consegui conter um sorriso maldoso, esquecendo até do barulho dos passos. Imaginei que íamos levar um puta esporro, sermos expulsos da sala e essas coisas, mas o professor passou por nós sem dizer nada e seguiu pro fundo da sala. Suspirei aliviada, mas logo percebi que aquela prova já tinha dançado pra mim: o *bolha* do Alberto, depois daquele susto, não me daria cola de jeito nenhum e, por perto, não havia ninguém que pudesse ajudar-me.

A possibilidade de tomar outra recuperação e até uma bomba no terceiro científico me deixou absolutamente aterrorizada! Seria a quarta recuperação, poderia comprometer o ano e o vestibular, além do fato de que teria de suportar mais aporrinhações em casa.

– O merda do Mula me deu uma *bola* que não valeu de nada! – eu sussurrei puta, decidindo que, pelo menos, tentaria fazer a prova. E bem que me esforcei, mas de nada adiantou. Eu não sabia mesmo nada de matemática; naquele semestre, nem assistira as aulas direito, pois sempre saía depois da chamada, com a desculpa de que estava apertada e não voltava...

Fiquei brigando com os números não sei por quanto tempo, quando, de repente, me veio a ideia de simular um desmaio. A ideia, entretanto, logo passou, pois lembrei que acabaria na enfermaria e eles iriam descobrir que eu havia tomado umas cervejas, quem sabe até que estava *bolada*. Resignada, eu voltei então à frustrante tentativa de resolver as incompreensíveis questões.

Por um tempão, permaneci outra vez parada, feito boba, embora agitada por dentro, brincando com a caneta sobre o papel. Aquela sala parecia mais um cemitério e não se ouvia nada, nem um zumbido que fosse! Um silêncio chato, obtuso e compenetrado... No início do ano, foi até legal conviver com alguns colegas da turma, mas depois, à medida que se aproximava o vestibular, tudo foi se dissolvendo. Ninguém mais tinha tempo pra nada, a não ser estudar, decorar, estudar... Aquilo me matava de tédio e eu acabei por não aguentar mais os colegas, quase todos *caxias bitolados* pelo vestibular.

De repente, percebi que não tinha nada a ver continuar fingindo. Aquela prova já tinha dançado, sem solução mesmo! Era foda, mas era essa a verdade nua e crua, pensei, vindo à minha cabeça outra ideia desesperada, talvez a minha salvação. E se eu tentasse levar um *lero-lero* com o sacana daquele professor? Ele era meio novinho, não parecia *caretão* e, quem sabe, entenderia a minha situação, se eu abrisse o jogo, falasse uma meia-verdade. Ele poderia até me dar outra chance, mas se não desse, tudo bem! Pelo menos, tentaria a última cartada, refleti, preparando para me levantar e ir até a sua mesa. Reuni o que restava de forças dentro de mim, pra não dar vexame, consertei a camiseta preta, peguei o papel da prova, marcado pelos rabiscos que fiz, e segui firme até ele:

– Professor?... – disse baixinho.

Ele vagarosamente levantou os olhos do livro, mas eu não dei tempo a que ele sequer respondesse. Aproximei-me da mesa e, com a voz insinuante e direta, continuei:

– Não dá para fazer a prova, professor Aurélio! Briguei com o meu pai ontem e não consegui estudar direito. Fiquei desorientada, com a cabeça a mil. Estou cheia de problemas...

Senti firmeza em seu olhar, que me pareceu até paternal. Ele, no entanto, falou lacônico, firmando os olhos nos meus:

– Você se chama Andréa, né?

– Ah... Sim... – balbuciei.

– Então, Andréa! Já reparei que você mal assistiu as minhas aulas. Até entendo a sua situação, mas não posso fazer nada, garota!

– É... Perdi mesmo algumas aulas por causa desses problemas... Sei que é difícil pro senhor, professor! Mas é que meu pai é um canastrão autoritário. Quer que eu seja careta como ele e me reprime o tempo todo. Enche tanto o meu saco que perco o controle. Desoriento... E não consegui estudar direito pra sua prova... – lamuriei, diminuindo mais ainda a voz.

– Como disse, eu até entendo, mas não posso fazer nada, Andréa...

– Sei... Mas o senhor... O senhor não poderia me dar uma segunda chance? – insisti, com um olhar suplicante.

– Como? Você nem assistiu as minhas aulas. Não dá, Andréa...

– Mas professor Aurélio, todas as vezes que tive de sair da sala, antes de terminar a aula, eu recuperei a matéria depois com meus colegas... É só uma segunda chance – menti, já sem esperança. Estava fodida mesmo...

– Hum...

– Professor... O senhor não fez a chamada hoje, não foi?... Então, é como se eu não tivesse nem vindo fazer a prova.... Me dá uma chance, professor. Por favor... – pedi com a voz embargada...

– Isso não é certo, Andréa! E se cair nos ouvidos da coordenação?... – ele respondeu, começando a ceder – ou era impressão minha?

Aproveitando a deixa, resolvi implorar, quase chorando:

– Ninguém vai ficar sabendo e não há mesmo registro, porque o senhor não fez a chamada! Se isso não colar, eu passei mal... Tive de sair sem terminar a prova...

Aurélio alisou a barba cerrada, enquanto pensava sei lá o quê daquela minha proposta indecorosa. Os segundos que eu fiquei esperando pareceram mil anos e aprumei o corpo, olhando-o suplicante. Se aquilo desse certo, seria o máximo: eu estudaria com afinco para me ver livre daquela tal matemática, ficando presa nas férias de julho só nas recuperações! E quem sabe poderia até ter sorte e passar em um vestibular no final do ano, pra qualquer curso, em qualquer universidade! Mas esse merda desse professor não responde, eu pensei, tentando conter a ansiedade, que evaporava pelos poros. Depois de um longo silêncio, ele falou:

– Deixe sua prova aqui, Andréa, que eu vou ver o que posso fazer.

Meus olhos brilharam e eu não consegui esconder um sorriso. E foi também sorrindo, quase sem acreditar, que eu agradeci, quase lascando um beijo na sua bochecha:

– O senhor está sendo bacana demais comigo, professor Aurélio!... Amanhã eu te procuro na sala dos professores... Muito obrigado... Do fundo do coração... Tchau!...

Humildemente, deixe a folha rabiscada sobre a mesa e caminhei para a porta da sala, enquanto reparava alguns colegas *bolhas* olhando-me de soslaio. O puto do Alberto um dia se veria comigo, eu prometi. Mal fechei a porta, saí correndo pelos corredores, desci a escada pulando até a portaria, dei o beijo, que queria dar no professor Aurélio, no porteiro novato e ganhei a rua Timbiras, tomando a direção do bar do Zé.

Com certeza, o Mula ainda estaria lá! E a gente tomaria mais umas cervejinhas, pra comemorar a minha possível vitória quando tudo estava perdido, exultei louca de felicidade.

CINCO

Sobre a repressão ao III Encontro Nacional dos Estudantes. Rita mergulha nos medos de infância. Marcos não dá bola para ela e Cláudio a acalma.

Nem mesmo no dia nacional de lutas contra as prisões arbitrárias eu senti tanto medo da repressão como agora, vindo à cabeça, em turbilhão, lembranças da infância, do medo que me dominava depois de cometer bobas arteirices. Como quando mostrei a bunda para um crucifixo de nosso senhor Jesus Cristo ou, em outra vez, quando mordi a hóstia para ver se saia sangue, ficando paralisada depois, pelo medo da reação de Deus aos meus pecados... Ou quando um amigo atirou uma pedra, da janela de meu quarto, em um caminhão que passava pela rua. O vidro do para-brisa espatifou e, logo em seguida, dois soldados chegavam à minha casa.

Aterrorizada, eu me escondi no fundo de um armário, mas meu pai obrigou-me a sair de lá e, aos prantos, me vi obrigada a confessar aos policiais que a culpa fora minha. E fiquei de castigo... Anos depois, eu já adolescente, papai confessou, rindo, que a prensa dos milicos fora a pedido dele.

– Filho da puta sacana... – murmurei.

Agora, entretanto, não se tratava de uma travessura infantil, para minha desgraça... A truculência da polícia e os estouros de bombas e latidos de cães pastores-alemães, que ouvíamos de quando em quando, eram razões mais do que objetivas para estar descontrolada daquele jeito, eu raciocinei, tentando me acalmar.

Apesar de termos nos preparado para a repressão ao III Encontro Nacional de Estudantes – havíamos discutido exaustivamente sobre o esquema de segurança nas reuniões nos dias anteriores –, na prática a teoria era outra!

Assim, por mais que tivéssemos discutido e nos preparado, duvido que algum de nós pudesse imaginar que estar cara-a-cara com a repressão seria tão amedrontador. E que eu perderia o controle das minhas reações...

Virei-me para a Carolina e ela era a própria expressão do pânico. Eu estaria como ela, pálida e transpirando o medo pelos poros? Antes não, talvez agora sim...

Quando viemos de casa ontem à tarde para participar da organização do ENE e da vigília na Faculdade de Medicina, ela se agarrara ao meu braço, com as mãos frias e os olhos esbugalhados; e assim permaneceu sobressaltada durante a nossa caminhada até aqui. Lívida, ela apertava o meu braço a qualquer buzina ou sirene. Embora fosse visível que o policiamento estava mais ostensivo, não vi nada mais de anormal que nos ameaçasse... E até implorei pra que ela voltasse pra casa, mas Carolina recusou.

Engraçado que o pânico a deixava ainda mais bonita: aquele tipo de mulher frágil, carente de proteção, que tanto agrada aos homens, mas que me irrita profundamente, eu observei-a de soslaio, constatando, porém, que o meu horror em aparentar fragilidade e insegurança pudesse talvez ser apenas um escape para os meus próprios medos.

No DA, o clima já estava carregado de tensão quando chegamos, mas consegui segurar a barra muito bem, envolvida nas tarefas de fazer e pregar cartazes e faixas, de datilografar textos e imprimir documentos no mimeógrafo. Mas quando, à noite, chegaram as primeiras notícias de que muitos colegas de outros estados estavam sendo detidos em barreiras montadas pelo exército nas estradas, antes mesmo de chegar a Belo Horizonte, comecei a desmontar lentamente, até desmoronar, quando vi, no lusco-fusco da manhã que nascia, a faculdade sitiada pela repressão.

Se é que isso pudesse ser um alívio, não estava presa! Aliás, depois de cumprir as tarefas de organização, participei ativamente da assembleia permanente, ouvindo e falando... Passara a noite quase toda acordada, até divertindo-me, apesar do medo e da fome, pois os sanduíches, salgados, bebidas e refrigerantes do bar do DA logo acabaram. Até as balas e doces acabaram também...

Vez ou outra, os discursos na assembleia davam lugar a cantorias, e cantei junto as músicas de Geraldo Vandré e Chico Buarque... Manifestações de solidariedade e leitura de apoios à realização do nosso encontro também me contagiaram durante a noite cansativa, mas emocionante, em meio ao medo que vinha e voltava.

Mas pelas seis horas da manhã, quando vimos que a faculdade estava sendo cercada pela polícia, fui parar no fundo do poço e na escuridão do medo, como se eu voltasse à infância. Ninguém poderia mais entrar ou sair do campus, estávamos miseravelmente sitiados e o pior, sujos e esfomeados!

Acreditando que iríamos despistar a repressão, havíamos definido diversos pontos espalhados pela cidade, onde os estudantes de cada faculdade pudessem se encontrar, antes de seguir em grupos para a Faculdade de Medicina. No DCE Cultural da UFMG, na Gonçalves Dias, e no da Católica, na Getúlio Vargas; na FACE, na Tamoios; na FAFICH, na Carangola; e até na Igreja da Boa Viagem... Mas recebemos notícias de que a polícia se antecipara, com certeza por obra de seus informantes infiltrados no ME, e muitos estudantes estavam sendo presos nestes locais.

– Estamos perdidos! – balbuciei, logo disfarçando a inconfidência diante do olhar aterrorizado que a minha prima Carolina me lançou.

A sequência de notícias alarmantes tirara-me realmente do sério. Aniquilara em mim a faculdade – da qual sempre me gabei – de pensar racionalmente, constatei, injuriada pela decepção comigo mesma. Se por tão pouco estava paralisada, o que seria se fosse presa e torturada? De onde tiraria forças, como tiveram os companheiros presos no auge da repressão do governo Garrastazu Médici, para resistir às torturas e porradas, às máquinas de choque elétrico no ânus, bicos dos seios, pênis e vagina e nos paus-de-arara, me perguntei estarrecida e arrepiada. Muitos resistiram, sem entregar um companheiro sequer, e outros até perderam a própria vida!

Mas este não seria o meu caso... Lamentavelmente, eu não estava preparada para enfrentar uma prisão, muito menos a tortura... Preferia morrer! Então, percebi que o medo que sentia agora estava além da repressão, dos cassetetes dos milicos e da cadeia. Na verdade, estava entregue a uma espécie de temor subterrâneo, talvez uma manifestação psicológica, inconsciente, da minha origem pequeno-burguesa e dos medos de infância, fui obrigada a admitir, com espanto e vergonha.

Com o olhar perdido, Carolina fitava os oradores que iam se sucedendo. E estava petrificada; o que a deixava ainda mais charmosa! Observando-a, tentei imaginar o que passava pela sua cabeça. Com certeza, não seria sobre as mensagens dos que interviam corajosamente na assembleia. Talvez, estivesse pensando "o que é que eu estou fazendo aqui?"

A verdade é que ela pouco tinha a ver com o ME, do qual começou a participar só por minha influência. Aos poucos, entretanto, o seu interesse aumentou, confessadamente pela amizade – e paquera! – com alguns companheiros. Nas reuniões de formação política, Carolina pouco se envolvia nas nossas discussões sobre capital e trabalho, a mais valia, a luta de classes, a revolução, a ditadura do proletariado e o centralismo democrático... A verdade é que as grandes contribuições de Karl Marx, Friedrich Engels, Vladimir Lênin, Leon Trotsky, Rosa Luxemburgo e Che Guevara, para o futuro da humanidade pouco passavam pela sua cabeça...

Se ela passar ilesa por essa experiência, espero que dê um novo rumo à sua vida, eu pensei sentindo-me culpada por Carolina estar ali.

Como ela, eu suava frio e a qualquer som diferente me sobressaltava. Nem mesmo das conversas sobre o que fazer, como sair daquele cerco, eu estava conseguindo participar. De repente, toda a minha capacidade de direção, trabalhada por mais de um ano de dedicação integral ao movimento, ia se perdendo. Envergonhada, eu torcia para que ninguém percebesse o meu desespero e descontrole. Perdera a capacidade de raciocinar objetivamente, dedicando-me de corpo e alma às sensações pequeno-burguesas e infantis... Às vezes, isso é até bom, mas naquele momento era ridículo, refleti indignada.

Suely, dirigindo a mesa da assembleia, era exatamente o oposto de mim. Nada parecia abalá-la. Firme, ela controlava as inscrições dos oradores, sistematizava as propostas e ainda acalmava a massa. Seus cabelos negros, desalinhados, caíam sobre os olhos a todo o momento. Ela não era uma mulher muito bonita, mas a sua energia, transmitida pelos olhos grandes e negros, como jabuticabas, fascinava homens e mulheres. O medo não parecia preocupá-la e eu, maquinalmente, ajeitei também os meus cabelos, que caíam e grudavam sobre a testa. Então, respirei fundo, disposta a retomar o controle de mim mesma.

Marcos estava sozinho, sentado na grade em um dos cantos do pátio do DA, com certeza escutando atentamente as palavras e as propostas de cada orador. Por um instante, a sua beleza chamou-me a atenção. Pele morena, alto e forte, ele é realmente um pedaço de mau caminho, constatei, lembrando-me do seu olhar meigo de criança, que os longos cabelos, negros e lisos, insistiam em esconder no belo rosto onde uma barba rala despontava. Incrível que até iniciar a participação no Movimento Estudantil, há pouco mais de dois meses, a vida de Marcos girava entre a curtição alienada e a *porra-louquice*...

Na universidade, Marcos começou a se inteirar da política como a maioria de nós, no curso básico, mas o seu ceticismo era de doer: não acreditava que o mundo pudesse ser transformado. E rejeitava qualquer proposta de participação política. Entretanto, depois das primeiras grandes mobilizações que fizemos no campus, de boicote ao pagamento das mensalidades, ele despertou para a luta de repente; e eu o cativei apaixonada. Marcos tornou-se então assíduo nas reuniões do DA, mas ele nunca falava, bloqueado pela timidez. Logo começamos a ter um caso, mas eu não sabia ao certo se aquilo era verdadeiramente amor. Quem sabe, eu sentisse por ele apenas atração física e tesão, uma paixão passageira?

Pensei em dirigir-me até onde ele estava, mas desisti. Sentia-me fraca e deixei as coisas rolarem, percorrendo-me novamente, naquele instante, a raiva pela minha impotência. Estaria Marcos também com medo? Observei as suas mãos ansiosas à boca, roendo as unhas, como se procurasse proteção. Seus olhos, entretanto, estavam fitos na mesa e nas palavras dos oradores, parecendo querer intervir também. Tive certeza de que o medo não o preocupava e, talvez percebendo que estava sendo observado, virou-se de repente em minha direção, lançando-me os grandes olhos meigos e doces...

Era um cara muito interessante, eu admiti, desvencilhando-me de minha prima Carolina e caminhando lentamente até ele.

Um desejo enorme de carinho tomou conta de mim enquanto abria caminho em meio à massa de estudantes, todos sentados ao chão do pátio frio. Uma vontade louca de ser confortada e abraçada, naquele exato momento, como se nada mais existisse, extasiava-me, logo sendo sucedida pela culpa, pelo asco por me deixar dominar por divagações tão tolas e fúteis. A verdade era que o desejo de carinho e proteção não passava de mais uma tentativa de escape e fuga da realidade, pensei desanimada.

Mas a luta surda entre a razão e o sentimento processava-se em minha mente cada vez com mais intensidade. O semi-internato em um colégio de freiras havia me incutido uma disciplina quase religiosa – apesar de todas as minhas resistências – e sempre me surpreendia, sobrepondo a razão aos sentimentos. No curso de minha vida, a racionalidade acabou sendo positiva, mas agora, sem ter a mínima ideia porque, ela me abandonara à minha própria sorte e eu não sabia mais o que fazer!

Chegando até ele, abracei-o com carinho. Surpreso, sem saber o que se passava comigo, Marcos retribuiu ao abraço e ao beijo. A ternura, límpida, arrepiou-me calmamente entre ingênuas carícias. Apesar daquela quantidade de gente, da tensão que dominava o ambiente, com os olhos fechados, corpo contra corpo, boca contra boca, deixe-me levar por outros caminhos... E todas as aflições e angústias que sentia ao longo daquela interminável experiência não mais existiam naquele momento mágico, como se eu estivesse embriagada.

– O que aconteceu com você? Tá branca, Rita... – perguntou Marcos, afastando-me.

– Depois que soubemos que o campus estava cercado, bateu um pouco de medo! Mas agora não estou mais. – menti, puxando-o novamente para junto de mim.

– Realmente, a situação está feia, Rita! Estamos sitiados aqui e não sei o que vai acontecer. O que você acha?

– Não sei, Marcos! O jeito é esperar pra ver...

– A vigília começou à tarde. Então, já estamos aqui há mais de 24 horas e agora a repressão tá firme lá fora! Ninguém pode sair.... E se os milicos decidirem invadir a faculdade; o que vamos fazer?

– Não sei, Marcos! O que poderemos fazer em uma situação como essa? Temos de esperar um pouco mais... Inclusive porque tem gente negociando lá fora com a polícia. – falei, entediada com o rumo da nossa conversa.

É claro que me preocupava com o que iria acontecer, mas naquele momento eu não queria pensar em nada. Queria apenas ficar abraçada a ele, mas logo vi que seria impossível. Ao contrário de mim, Marcos estava com o pensamento concentrado na assembleia. Resignei-me apenas em segurar-me à sua mão.

– Esse negócio de ficar esperando não é comigo, Rita!

– Hum... Hum...

– Nenhum dos oradores está falando coisa com coisa! Acho que vou dar uma chegada lá atrás da mesa para ver o que os capas-pretas estão pensando fazer. Tem de haver uma saída! Espera aqui que eu volto logo, Rita... – ele disse, esquivando-se de repente.

E eu estava só, agora puta com a frieza e a insensibilidade do Marcos. Com certeza, ele percebera a minha insegurança e fragilidade e se deixou levar por alguns minutos, mas logo reagiu racionalmente. E deixou-me! Mas quantas vezes na vida eu já me conduzi também assim? Acho que milhares...

– Não haverá um ponto de equilíbrio entre o sentimento e a razão? Será que um sempre elimina o outro e vice-versa? Não sei, não sei e nem quero saber... – murmurei cansada.

– Falando sozinha, Rita? – brincou Cláudio, dando-me um beliscão na bunda, como sempre fazia.

– Tira a mão boba daí, Cláudio! Não, estou apenas preocupada com o rumo das coisas... – disfarcei.

– É!... O negócio aqui tá ficando barra pesada mesmo, bicho! Os hôme lá fora não estão pra brincadeira não, mas acho que não adianta esquentar a cabeça, Rita. Sem paranoia, menina bonita! Vai acontecer o que está escrito, não acha?

– O problema é saber quem está escrevendo, Cláudio... – gozei, relaxando pela primeira vez.

– Menina, é o destino que escreve! – ele respondeu convicto.

Como ele era um cara diferente, pensei naqueles segundos. Cláudio estava sempre por perto, participando das reuniões e dando seus palpites, geralmente carregados de misticismo. Incrível como ele acreditava, convictamente, que o curso da vida poderia ser previsto, estava escrito, era destino!

Vegetariano, fissurado em Raul Seixas, cujas músicas sabia de cor e estava sempre cantarolando, Cláudio não dispensava aquele ar enigmático, como se fosse um profeta, cultivando cabelos e barba longos, mas malcuidados. Sempre de bata indiana, calça jeans, sandálias e bolsa de couro cru a tiracolo, ambas fedorentas, ele era um pouco mais velho do que nós e estava na universidade há anos, sob ameaça de jubilamento na FAFICH, pelo famigerado Decreto-Lei 477. Parecia o "maluco beleza" da música do Raul e, nas assembleias, tinha palavras pra todo mundo, mas não conseguia ficar por muito tempo com uma pessoa só. Ia rodando...

Maldosamente, falavam até que ele era um infiltrado da polícia política, mas eu nunca acreditei nisso. Para mim, Cláudio era apenas um *biruta* maconheiro, um *bicho-grilo* meio *hippie* – apenas um remanescente que veio a pé, bem devagarzinho, da geração paz e amor de 68; e de quem, aliás, eu gostava muito!

Outras bombas explodiram na avenida Alfredo Balena e o clima de tensão inundou a assembleia. Os estudantes começaram a se levantar ao mesmo tempo, olhando em direção ao portão, e nem mesmo a Suely, apesar de toda energia e gritando feito uma louca, conseguia agora acalmar a massa. Em pé, olhar atônito, do outro lado do pátio, estava Carolina, branca como vela de igreja. Pensei em voltar até onde ela estava para confortá-la, mas recuei – não precisava, logo ela estaria no meu pé!

O medo já não mais me preocupava e nem tampouco a sensação de impotência incomodava. Estava, agora, apenas cansada. A exaustão havia fluído pela mente e pelo meu corpo e, indiferente, resolvi ficar parada, apenas esperando, esperando... Naquele momento, eu gostaria mesmo era de poder ir pra minha casa, comer um bom prato de arroz com feijão, bife e batatas fritas, tomar um demorado banho e dormir!

Nada mais!

SEIS

Sobre o cerco da polícia ao encontro estudantil proibido. Suely dirige a assembleia permanente, arrepiada por participar do momento histórico. A faculdade é invadida.

Na reunião da nossa célula clandestina, tínhamos discutido que o governo militar reagiria duramente ao III ENE, mas nem de longe poderíamos prever que a repressão seria tão violenta. Mesmo sob o forte cerco da polícia, havíamos conseguido realizar o ato público no dia nacional de luta, apesar das porradas dos milicos e da prisão do Conde e de alguns estudantes, mas todos liberados naquela mesma noite. Em muitas capitais, passeatas ganharam as ruas, como em São Paulo e em Porto Alegre. Em Brasília, a repressão tinha sido mais truculenta: o reitor da UNB, o *puto* do capitão de mar e guerra Azevedo, não só violou a autonomia universitária, permitindo que o campus fosse invadido pela polícia, como mandou prender e expulsar lideranças estudantis da universidade...

Então, previmos corretamente o cerco, mas não ao ponto de o encontro não poder ser realizado. Afinal, já tínhamos feito antes dois encontros nacionais, também proibidos... E porque agora seria diferente, eu me perguntei incrédula com a gigantesca onda de relatos sobre a violência da repressão nas barreiras policiais, nas ruas e até na Igreja da Boa Viagem, que fora invadida, com a prisão de centenas de estudantes.

Na Faculdade de Medicina, ninguém podia mais entrar ou sair, desde que o dia amanhecera. Mas a boa notícia é que próximo dali, no Palácio das Artes, familiares dos estudantes, manifestantes e até simples curiosos estavam se reunindo, nos informaram pelo telefone do DA. À frente da resistência despontava uma corajosa senhora, dona Helena Grecco.

Arrepiada por participar daquele momento histórico – o maior desafio ao regime militar nos últimos anos, só comparável ao Congresso Nacional dos Estudantes de Ibiúna em 68, reprimido pelos militares –, quase me esqueci de que coordenava a mesa. Olhando a massa, tentei calcular quantos estavam ali. Seríamos uns 300, 400 estudantes? Na verdade, não importava quantos éramos. O fato é que aquela assembleia tornava-se símbolo e exemplo maior para o país da resistência ao regime militar, constatei emocionada, preparando-me para falar tão logo o orador terminasse a sua fala.

– Companheiros e companheiras! Centenas de estudantes estão sendo presos e estamos sitiados pela repressão, mas por toda a cidade o povo está nas ruas em solidariedade à nossa luta. Populares estão se reunindo no Palácio das Artes e de lá não sairão, em vigília permanente, até que o cerco à faculdade seja suspenso e os nossos colegas sejam libertados. Uma comissão esteve com o chefe da repressão, e o milico, além de informar que ninguém mais entrará na faculdade, exigiu que a gente saia. Ameaçou até invadir o campus... Mas não podemos nos curvar. Não vamos nos ajoelhar diante desse regime de opressão e tirania! Não sairemos daqui sem garantias de que nossos colegas detidos sejam libertados, de que ninguém será preso e fichado...

– Questão de ordem... Quem esteve com o tal chefe da repressão da ditadura, camarada Suely? – Conde berrou, levantando-se no meio da massa e interrompendo a minha fala.

– Uma comissão de sindicalistas, deputados, advogados e professores da universidade. Mas Conde... Espere que eu termine o meu relato... – respondi com a voz firme.

– Protesto! Protesto!... Isso não é relato e essa comissão não tem nenhuma legitimidade... – ele retrucou, mas eu o desafiei com um gesto brusco, retomando a palavra:

– O coronel disse à comissão que o III ENE é ilegal, pois a UNE está proscrita desde 65. Alegou que a autonomia universitária não acoberta um encontro subversivo e clandestino, pois as entidades estudantis estão proibidas de exercer atividades políticas. Mas quem é esse milico para dizer o que é legal? Ilegal é o regime imposto pelos militares em 64! Nosso movimento é justo e pacífico. Lutamos pela liberdade, pelo direito de expressão... Lutamos pelo direito democrático de nos organizarmos livremente. A UNE é a nossa força e a nossa voz... – continuei e uma estrondosa ovação explodiu.

– Ou saímos ou ele ordena a invasão, o milico ameaçou. Mas quem é esse porta-voz do governo militar para julgar quanto e quando vale ou não a autonomia universitária? A universidade é livre e autônoma! A liberdade de expressão e de organização é um direito dos estudantes e do povo e temos de nos manter unidos para conquistá-la! Os informes da mobilização no Palácio das Artes mostram que os trabalhadores estão do nosso lado. Vamos resistir até o fim! Não sairemos daqui sem garantias... Abaixo a repressão! Queremos liberdade! Viva o III ENE! Viva a UNE! – conclui o meu relato em meio às palmas, anunciando em seguida que anotaria os nomes das pessoas que quisessem falar. Desordenadamente, dezenas de braços se levantaram e eu anotei, informando:

– Enquanto o Robertão fala, eu chamo os inscritos pela ordem...

– Manobra da mesa! Manobra!... Manobra!... – Conde exclamou aos brados, sendo acompanhado pelos gritos de alguns estudantes.

– Eu me inscrevi primeiro!... Sou o primeiro a falar!... – ele completou, pegando-me de surpresa e já se levantando teatralmente.

Diante da reação explosiva do Conde, o tumulto tomou conta da assembleia. O clima de tensão, que já era grande depois de horas de discussão se realizaríamos ou não o III ENE, ficou ainda maior e a denúncia do Conde transformou-se em um verdadeiro cabo de guerra, dividindo os estudantes. Vozes e berros se ouviam por todos os lados, ao mesmo tempo... Gesticulando e gritando ao microfone, eu pedia silêncio e foi com muito custo que consegui retomar o controle:

– Neste momento grave, não tem sentido ficarmos brigando entre nós, companheiros. Cabeça fria, gente! Muita calma, companheiros! Eu disse que as inscrições estariam abertas após o encerramento da minha fala e foi exatamente o que fiz. Não tenho culpa se o Robertão se inscreveu primeiro. O Conde é o segundo da lista... Eu insisto: a hora é grave e o nosso adversário não está aqui dentro. Está lá do lado de fora, na rua, na repressão do regime militar! Não entre nós nesta assembleia... – gritei com a voz rouca, sendo interrompida pelos aplausos.

– As inscrições estão anotadas aqui e qualquer um pode vir à mesa conferir. Repito: o Conde é o segundo e tem mais 20 inscritos depois dele! – encerrei com firmeza.

Conde bem que tentou rebater, mas foi impedido pelas vaias. Com energia, eu havia conseguido dominar a assembleia, embora na cabeça de muitos tivesse ficado a dúvida, com certeza, se eu não teria realmente manobrado. Em segundos, porém, vi a incerteza ser desfeita pelo vozeirão contagiante do Robertão:

– O regime militar está mostrando a sua verdadeira face neste dia que entrará para a história da luta pela liberdade e pela democracia no Brasil. Contra um encontro pacífico de estudantes, a resposta do regime é a violência e a repressão, em um ato de desespero! Soldados, cachorros, cassetetes e bombas não nos intimidam mais! Contra a repressão, nós mostramos a nossa dignidade, a certeza de que a liberdade e a justiça são hoje exigências de todo o povo brasileiro. Nosso movimento já é uma vitória e não recuaremos agora! Permaneceremos dentro da nossa faculdade, em defesa da democracia e da autonomia universitária, em defesa das liberdades democráticas e da anistia! Liberdade é a nossa palavra de ordem!... – ele discursou, levando a massa ao delírio.

Com muito custo, consegui garantir silêncio para que Robertão pudesse continuar a sua fala...

– Companheiros, nossa posição deve ser muito clara! Não vamos sair daqui sem a garantia de que todos os nossos colegas detidos nas ruas e nas barreiras nas estradas sejam libertados. Exigimos também que nenhum de nós seja preso ou fichado e que os nossos colegas de outros estados possam voltar para as suas cidades livremente. Acima de tudo, exigimos a desmobilização imediata do aparato de repressão que transformou nossa cidade em uma praça de guerra. Abaixo a repressão!... Abaixo a repressão!... – ele gritou e um mar de vozes o acompanhou.

– Camaradas, estou de acordo com o Robertão! A ditadura militar está mostrando hoje o seu desespero, a sua fraqueza, diante do avanço da luta dos estudantes. A panela de pressão está apitando, a ditadura militar está por um fio... E é isso que nos mostra a repressão hoje em Belo Horizonte. Por isso, não devemos e não podemos recuar. Permaneceremos aqui em assembleia permanente até a vitória e essa é a posição que devemos levar para o coronel marionete da ditadura! Da faculdade, nós não arredaremos os pés. Até a vitória final, camaradas! Abaixo a ditadura!... Abaixo a ditadura!... – Conde discursou em seguida.

Porte esbelto, cabelos louros e encaracolados, Conde falava muito bem, eu admiti, embora as propostas da *Liberdade e Luta* fossem esquerdistas e radicais, como insistir que o regime militar está caindo e que a palavra de ordem, abaixo a ditadura, deve ser o centro da luta do ME! Que infantilismo esquerdista, pensei, ainda puta com ele, por tentar me desmoralizar junto à massa...

Ele via manobras em tudo e, às vezes, estava realmente certo. Contudo, a frequência com que pedia a palavra nas assembleias e denunciava manobras, acabara por levá-lo ao descrédito junto à massa e era cada vez com mais impaciência que os estudantes o escutavam. Mas ele parecia não se importar...

– Suely, um cara da comissão tá aguardando retorno no telefone do DA... Quer falar com alguém da mesa. Tentei saber o que é, mas ele não quis adiantar. Disse que só fala com alguém da mesa... E pela tensão na voz dele deu para sentir que as coisas não estão nada boas lá fora. Você vai lá falar com o cara? – Aurélio perguntou com a voz trêmula, cochichando no meu ouvido.

– Tô dirigindo a assembleia, companheiro! Não posso sair daqui. Fale com o Robertão! – ordenei, passando a palavra ao terceiro orador.

OOO

E não era nem blefe, nem alarme falso da comissão de negociação... Nossas reivindicações não seriam aceitas, pois as ordens do coronel Medeiros, da Polícia Militar, eram para evacuar o campus a qualquer custo, nem que fosse necessário arrastar os estudantes um a um. E a avaliação do professor da comissão era que, de fato, essa medida seria cumprida. O governo de Minas estava apenas cumprindo decisões que vinham de cima, do *forte apache* do exército em Brasília...

Pelo telefone do DA, o professor tentou convencer-me a que deixássemos a faculdade, em grupos pequenos, pacificamente, enquanto ainda era tempo... Ponderei que precisávamos de algumas garantias, como de que todos os estudantes detidos fossem libertados; de que nenhum de nós fosse preso; e de que o aparato repressivo fosse desmobilizado. Então, o professor respondeu que levaria as nossas reivindicações ao comandante da operação policial e que logo me daria um retorno...

Mal eu havia chegado de volta à mesa da assembleia, o Aurélio já estava atrás de mim, informando que o professor estava ao telefone e queria falar comigo outra vez. E, como suspeitava, a resposta que o professor me deu era negativa: a polícia não nos dava nenhuma garantia...

Bati o telefone com a cabeça fervilhando, mas inebriado pelo privilégio histórico de estar participando da direção do Movimento Estudantil em um momento tão crucial da luta democrática no país, depois de anos de opressão e silêncio. Eu, Robertão, um mero estudante de Veterinária, havia entrado na luta estudantil há menos de dois anos e já era uma liderança política reconhecida, dirigindo o DCE quando o ME ganhava o seu maior peso e importância para a luta do povo e dos trabalhadores brasileiros.

Agora, entretanto, defrontava-me com um desafio gigantesco: os soldados iriam invadir a faculdade e certamente prender todo mundo! E eu teria que convencer os estudantes a não recuar... Enfim, teria de enfrentar com firmeza todos os medos e provar que o correto era resistir, para dar o exemplo à sociedade e aos trabalhadores brasileiros de que o único caminho para conquistar a liberdade é a luta, o enfrentamento com as forças reacionárias e com o regime militar, pensei.

Rapidamente voltei à assembleia e convoquei os principais dirigentes para discutir o que fazer. Amontoamo-nos em um canto, atrás da mesa, e a maioria concordou com a minha proposta de que, diante da negativa à nossa lista de reivindicações, deveríamos resistir e permanecer dentro do campus, mesmo sabendo que seríamos retirados sabe lá como e presos. A voz destoante foi a da Lúcia.

– Isso é loucura de vocês, Robertão! Os milicos vão baixar o cacete, prender todo mundo e coisas ainda mais graves poderão acontecer. Vai ser igual ou pior do que o Congresso de Ibiúna... É uma puta irresponsabilidade de vocês, camaradas! Vai ser uma puta derrota para o movimento! O que pode acontecer conosco é imprevisível e o melhor é recuar agora, enquanto ainda podemos. Um recuo tático para acumularmos força para os enfrentamentos futuros... – ela tentou defender.

Fernando, entretanto, a interrompeu, argumentando, enfático, que ela era minoria; e que nem precisava mais de discussão. Estava decidido, permaneceríamos no campus, ele fechou questão. Lúcia bem que tentou esboçar um protesto, mas não demos ouvidos. Então, passamos a discutir como levaríamos a proposta à massa estudantil, que já mostrava impaciência depois de mais de 24 horas reunida em assembleia permanente e, desde a manhã, sitiada dentro do campus.

– É claro que a massa vai concordar! Será o cúmulo da desmoralização do Movimento Estudantil, e uma vitória para a ditadura militar, se abandonarmos o campo de batalha agora. Não podemos recuar! Temos de mostrar que a repressão ao III ENE é um ato de desespero que revela o enfraquecimento da ditadura militar. Temos que colocar as coisas nesses termos. O centro é esse: denunciar e enfrentar a ditadura! – propôs o Conde, com a voz elétrica.

– Companheiro, não é hora de cutucarmos a onça com a vara curta. Temos de colocar a questão de outra forma. Acho que o centro da nossa colocação é o de que, risco maior, nós correremos se sairmos daqui agora... A única alternativa é resistirmos todos juntos aqui dentro do campus, em defesa da autonomia universitária e das liberdades democráticas, do nosso direito de expressão e de organização! Estas é que devem ser as nossas palavras de ordem...– falei incisivo.

– Porra, deixe de rodeios, camarada Robertão! A direção deve apontar o caminho. E o caminho é denunciar e desgastar a ditadura militar... Abaixo a ditadura, essa é a palavra de ordem!– Conde retrucou firme.

– Camarada Conde, o Robertão tem razão, quando diz que devemos bater na tecla da autonomia universitária. O espaço da universidade é a única garantia que temos agora. Aqui podemos resistir e, quando a polícia invadir, ficará clara a verdadeira face do regime militar. Além de não garantir verbas para a educação e mínimas condições de ensino, o governo reprime os estudantes e manda invadir a universidade... – Fernando defendeu, olhando pra mim.

A nossa discussão acabou chamando a atenção da assembleia e Suely, incomodada, virou-se para trás, pedindo-nos para falar baixo... Bem que tentamos, mas o clima estava quente e o zunzum foi crescendo até que alguns estudantes começaram a protestar...

– Acho melhor apresentar a proposta já para a massa. E sem rodeios... Agora, Robertão! – sugeriu Fernando com impaciência.

– E o que falamos para o cara da comissão? – eu questionei.

ABAIXO A REPRESSÃO!

– Volta lá, ligue e peça mais um tempo pro professor, Robertão! Enrole o cara, peça pra ele insistir nas nossas reivindicações. O importante é ganharmos tempo... Enquanto isso, eu faço a proposta pra massa. – Conde sugeriu.

– De jeito nenhum, Conde! Sua posição não traduz o que a maioria pensa. E a massa não vai aceitar... – rebati ofensivo.

– Se você está sugerindo que estou queimado com a massa, queimado está a puta que te pariu, Robertão! – Conde reagiu com raiva.

– Cabeça fria, camaradas! Não podemos deixar a assembleia esperando! Você fala pra massa, Robertão. E eu falo com o tal cara da comissão... – Fernando contemporizou, seguindo para o DA.

Com certeza obra de um agente da polícia infiltrado entre nós, nem bem terminei de falar à assembleia e o Tavares chegou, trazendo à mesa a notícia de que a tropa de choque já estava se posicionando para invadir a faculdade! Não sei como, mas alguém entre nós informara ao coronel que decidíramos resistir dentro da faculdade... Mas isso era uma coisa para ser investigada depois, pensei. O que importava agora é que as cartas foram lançadas e tive a certeza de que a nossa posição estava correta: a invasão da universidade custaria caro ao regime militar...

Apesar da censura à imprensa, a repressão ao III ENE estava sendo tão brutal e escandalosa que não haveria como esconder os acontecimentos desse histórico dia quatro de junho de 1977 da sociedade brasileira... Déramos, enfim, um passo decisivo na luta pelas liberdades democráticas e ele terá profundas repercussões no país, comemorei satisfeito. Mais uma vez, o ME mostrava o seu papel estratégico de força auxiliar dos trabalhadores, de banda de música do movimento operário...

Bela sacada: banda de música do movimento operário! Os stalinistas juram que a frase é de Stalin. Já os trotskistas garantem que é do Trotsky. Suely, inclusive, me dera um texto de Ernest Mandel para provar que foi Trotsky quem primeiro compreendeu o papel dos estudantes na luta revolucionária...

Mas ao ver a primeira fileira de soldados marchando pelo portão da faculdade, deixei de lado os devaneios teóricos, fiz uma nova questão de ordem e tomei a palavra assim que Suely a concedeu. E, como se tivesse incumbido de uma missão histórica, comecei a discursar para os estudantes com a voz emocionada, mas logo abafada pelos latidos dos cães, pelo batido dos coturnos dos soldados sobre o asfalto da alameda, em marcha acelerada, e pela gritaria... Se eles começarem a bater, cantem, foram as minhas últimas palavras.

Era início da tarde e a faculdade já fora invadida!

PELA AUTONOMIA UNIVERSITÁRIA!

SETE

Sobre a invasão da Faculdade de Medicina. Todos os estudantes são detidos pela polícia e levados em cortejo pelas avenidas da cidade. Marcos mente no interrogatório.

Nem mesmo a energia contagiante das vozes unidas, cantando a música de Geraldo Vandré, ficando mais fortes e quase gritando *"quem sabe faz a hora não espera acontecer"*, conseguiu acalmar-me. Uma forte emoção me contagiou por inteira, dos pés à cabeça, e me fez arrepiar, mas a aflição veio em seguida, ao imaginar o que estava acontecendo lá fora. Havíamos ouvido o latido dos cães e visto os soldados chegando e a gritaria foi geral, quando a Suely interrompeu a fala do Robertão e propôs que começássemos a cantar, de mãos dadas. Numa fração de segundos, a massa estava de pé, transformando a assembleia em um eletrizante mar de vozes e mãos unidas. O barulho dos coturnos sobre o cimento e os latidos sucumbiram, abafados pela cantoria emocionada.

Não, é claro que as nossas vozes não mudavam nada! Os soldados continuavam lá, provavelmente à espera do comando do coronel, que nos testava, fazia guerra psicológica ou algo que o valha, pensei. Enquanto cantava, um turbilhão de pensamentos ia agitando a minha mente, cada segundo parecendo uma eternidade, exaurindo-me em angústias diante da pergunta inevitável: o que iria acontecer conosco? Carolina, mais tensa do que nunca, se agarrava à minha mão com força, quase me machucando. E o medo que sentira o tempo todo fora, agora, substituído pela angústia da incerteza.

"Caminhando e cantando e seguindo a canção, somos todos iguais..." Os versos retumbavam nos vidros do DA, nas copas dos ficus e até no prédio da faculdade e, quem sabe, deveriam estar sendo escutados na avenida; se é que ainda havia alguém na Alfredo Balena com coragem pra esperar o desfecho do III ENE, na boca do leão.

Talvez ninguém, além da gente mesmo, estivesse ouvindo, mas isso pouco importava – o fundamental era que a cantoria confortava e dava segurança. Então, o turbilhão de pensamentos foi dando lugar a uma força incrível e eu cantei com mais vontade ainda, até que ouvi uma voz ao longe... Voltei os olhos em direção à alameda, mas só vi uma parede de soldados, escudos e cães.

– Você está escutando, Carolina? – perguntei intrigada, apurando os ouvidos.

– O quê, Rita? Escutando o quê, Rita? – ela respondeu, pouco ajudando.

– Ouvi alguém gritar lá fora, Carolina! Parece uma voz num megafone... – disse, largando a sua mão e me esgueirando por entre a massa até a mesa da assembleia. Tinha certeza! Ouvira mesmo uma voz... Metálica... Impessoal... Bruta...

– Tem certeza, Rita? Escutou alguém gritando? Em um megafone? Só pode ser aquele coronel filho de uma puta. Precisamos ir lá... – Robertão falou, decidido.

– Sim... – balbuciei insegura.

Então, ele cochichou no ouvido da Suely e chamou alguns companheiros para acompanhá-lo, inclusive eu. E nós fomos abrindo caminho por entre os estudantes, devagar e sem alarde, até que chegamos à escada do DA.

Estava meio escuro, mas, quando começamos a caminhar pela alameda, vislumbrei um policial segurando alguma coisa na mão direita, que parecia um megafone, um pouco atrás da parede de soldados, como eu suspeitara... Ele estava ladeado por um grupo de homens sem fardas e só podia ser o tal coronel Medeiros, deduzi, com o medo, misturado ao ódio, percorrendo a minha espinha...

– Saiam em grupos. Com as mãos na cabeça! Vocês tem dez minutos...

OOO

Para minha surpresa, tive a impressão que o coronel me reconheceu e, a um sinal dele, os soldados deixaram-nos passar. Então, cortamos a parede de milicos e cães raivosos e, à medida que nos aproximávamos, fixei os olhos no coronel que, estufando o peito de poder e autoridade, lançava-me um olhar feroz e fulminante. Um dos professores, que estava ao seu lado, começou a falar e eu logo reconheci a voz – era o cara que, pelo telefone, tinha tentado convencer a que a gente deixasse o campus...

– Como já havia te falado, Roberto, o coronel Medeiros tem ordens para evacuar o campus e deter todos os estudantes! O reitor está tentando falar com o secretário de Segurança e com o governador Aureliano Chaves... – o professor dizia, quando nós paramos a uma pequena distância deles. Então, eu perguntei:

– Evacuar como? À força?...

– O encontro é ilegal e está proibido pelo governo. Se vocês não saírem por bem, nós os retiraremos daqui de qualquer jeito! Essas são as minhas ordens, rapaz! – respondeu o coronel, imprimindo o que podia de autoridade ao tom da sua voz.

– Por favor, coronel Medeiros!... Não dá pro senhor esperar a conversa do reitor com o secretário e o governador? O reitor... – o professor tentou apelar.

– Impossível professor! Já esperamos demais! Desde a manhã tá essa conversa mole, de que os estudantes iriam sair... Mas não saíram! Desafiaram a lei e a ordem pública! Já fomos condescendentes demais! – o milico respondeu firme.

– Como?... Nós fizemos algumas reivindicações pra sairmos daqui... Queremos que todos os estudantes que foram detidos sejam soltos e que ninguém mais seja preso... Que garantias o senhor nos dá? – tentei barganhar.

– O professor me apresentou as reivindicações, rapaz. E, como você sabe, não posso atendê-las! O tempo de vocês acabou... Todos que estão lá serão detidos e levados para a triagem, onde serão interrogados e fichados. E o elemento que for suspeito de subversão vai ser levado pro DOPS, onde serão abertos os inquéritos. Todo elemento infiltrado vai pagar pelos crimes prescritos na Lei de Segurança Nacional! É o que posso garantir! Robertão? Não é assim que te chamam rapaz? – o coronel perguntou irônico, mas com a voz ameaçadora.

– Hum... Hum... Sou o Roberto... Mas nosso encontro é público e pacífico, coronel... Não somos subversivos e muito menos terroristas... Vocês não esperaram... – respondi, tentando argumentar.

– Esperamos demais, rapaz, e vocês não saíram... Repito: o encontro é ilegal e a minha ordem é para evacuar a faculdade e deter todos os estudantes! E os elementos suspeitos serão investigados e deverão pagar pelos crimes contra a ordem pública, já disse! Essa é a minha última palavra! – bradou o coronel, impaciente.

– Mas coronel... Isso fere a autonomia universitária... – ponderou o professor.

– A autonomia universitária não pode encobrir a subversão e o terrorismo! Rapaz, vocês têm dez minutos pra sair. Formem grupos de cinco e saiam bem devagar do pátio! Com as mãos atrás da cabeça! E avisem aos seus colegas: se não saírem, tiraremos vocês daqui à força... – garantiu o milico, lançando-me outro olhar feroz.

– Mas coronel... – o professor tentou insistir.

– Está dito, professor! Volte prá lá agora, rapaz, e diga isso aos seus colegas! – ele ordenou, dispensando-nos.

– Estávamos dispostos a deixar o campus se as nossas reivindicações fossem aceitas... Mas se a ordem do senhor é para nem conversar, dialogar democraticamente com a gente, paciência, coronel! – retruquei, erguendo a cabeça com altivez, virando-me e seguindo com o grupo em direção à parede de soldados, que se abriu para a nossa passagem.

– Puta que pariu, Robertão! Estamos fodidos! O que vai acontecer conosco? Você imaginou que poderia acontecer isso? – a Rita lamuriou baixinho no meu ouvido, transpirando medo, enquanto caminhávamos lentamente em direção ao pátio.

– Não achei que a repressão ia chegar a esse ponto, Rita, de prender todo mundo, como aconteceu no Congresso de Ibiúna em 68... Muito menos achei que iam jogar na lata do lixo a autonomia universitária... Vivemos uma conjuntura diferente daquela época, mas isso mostra que, embora enfraquecidos, os militares estão aí mais vivos do que nunca... É vivendo e aprendendo, companheira... Mas a verdade é que teremos de acatar as ordens desse filho da puta! Resistir seria suicídio coletivo... – respondi resignado, tentando acalmá-la e entender o meu erro de avaliação.

Olhei para o céu e vi que a noite de sábado seria incrivelmente bela... Estrelada, com a via láctea dando a sua graça, por entre as copas do fícus, que protegiam a noite da luminosidade da cidade. Embora antecipasse a beleza da noite, a penumbra imprimia àquele momento uma estranha solidão, pensei, enquanto contava os passos – uns 170 do portão da faculdade até o pátio do DA, aonde eu daria as más novas à assembleia: pra evitar mais porradas e selvagerias da repressão, nós teríamos de cumprir as ordens do maldito coronel!

– Que merda!... Não temos outra alternativa... Sair arrastado será muito pior... – balbuciei, dominado pela impotência.

– Mas com as mãos atrás da nuca, jamais!

OOO

Em grupos de cinco em cinco, seguíamos por entre o corredor polonês e perdi a conta de quantos soldados o formava... Uns 400? Se meu chute estivesse certo, seria então um milico para cada estudante, talvez até mais, eu estimei, enquanto caminhava lentamente. Apesar da pequena distância, a nossa caminhada parecia interminável e seguiam, junto comigo, a Rita, a Carolina, o Alcides e um estudante de base.

– Rita, viu as caras desses soldados? Gente pobre e oprimida, do povo... – cochichei baixinho em seu ouvido.

– Hum... Hum... Vi sim Marcos... – ela respondeu sussurrando, mas sem dar papo.

Para conter a minha ansiedade, pensei em tirar um *Hollywood* do bolso e dar umas boas tragadas, mas desisti, temeroso de que o gesto fosse entendido como uma nova afronta, uma desobediência, sei lá o quê, já que não havíamos acatado a ordem de colocar as mãos atrás da cabeça E continuei andando, de braços dados com a Rita e a Carolina, até que finalmente chegamos à portaria, onde estava o coronel, rodeado de milicos.

– Por aqui, por aqui... Mais depressa! Mais depressa! Não temos a noite toda... – ele ordenava com a voz ríspida.

Empurrados pelos soldados, todos armados com metralhadoras ou cassetetes, seguimos trêmulos na direção indicada, onde vários ônibus estavam estacionados. Alguns deles já estavam apinhados de estudantes, mas não se ouvia nenhuma voz; apenas o ronco dos motores. Passamos por uns dez ônibus, até que chegou o que seria o nosso e os soldados ordenaram que nós entrássemos. Dentro dele, o silêncio reinava também absoluto e me joguei na primeira fileira de poltronas livres que vi, puxando a Rita para sentar-se comigo. Já acomodado, tive coragem finalmente de acender um cigarro, fumando sofregamente...

Alcides, que sentou com a Carolina nas poltronas ao lado, quebrou o silêncio, em voz baixa:

– Marcos, pra onde será que esses putos vão nos levar? Pô, é muita gente presa de uma vez só aqui, além dos companheiros que foram detidos nas barreiras nas estradas e nas ruas! No DOPS da avenida Afonso Pena não vai caber, nem fodendo!... Que merda de lugar será este? – ele me perguntou, intrigado.

– Nem imagino Alcides... – respondi, com a voz desanimada.

– Acho que o lugar pra onde seremos levados nós só saberemos quando chegarmos lá... – disse Rita, com o conformismo saltando de sua voz trêmula.

– É... Pensando bem, camarada Rita, nem sei se saberemos... – Alcides rebateu mais conformado ainda.

De repente, ouvimos sirenes de radiopatrulhas e, assustados, vimos cinco soldados entrarem no nosso ônibus, postando-se em pé ao lado do motorista, que fechou a porta, apagou as luzes e acelerou o motor... Fôramos um dos últimos grupos a sair; o campus deveria estar totalmente vazio agora...

Quando nosso ônibus arrancou, seguindo o comboio em direção à avenida Carandaí, mergulhamos em uma onda de apreensão e medo. As radiopatrulhas e motocicletas abriam alas lentamente, na avenida deserta, para a longa fileira de ônibus, quebrando o silêncio da noite de sábado com a zoeira de suas sirenes...

No cruzamento da Carandaí com a Afonso Pena, olhei pela janela à procura de um sinal de gente em frente ao Palácio das Artes. E vi uma parede de soldados bloqueando a avenida, atrás da qual imaginei ter visto centenas de pessoas gritarem. Emocionado, cutuquei Rita, tirando-a do torpor.

E não era imaginação! Com os corações disparados, ouvimos os gritos e as palmas, enquanto o comboio subia em direção à Álvares Cabral. Ali, nos aguardava outro momento de emoção: papéis picados caiam no asfalto e populares se acotovelavam nas esquinas. Era o povo de Belo Horizonte nos saudando, transmitindo força e apoio à nossa luta. Rita tentou esconder um soluço e, quando dei conta, os meus olhos estavam também marejados...

Mas os momentos de emoção foram breves... E o comboio continuou a marcha angustiante pelo centro, como se estivesse sem destino. Quando ele rodeou a praça Raul Soares e entrou na avenida Amazonas em direção a Contagem, não me contive. Levantei-me da poltrona, decidido a perguntar aos soldados sobre o nosso destino. Mas em vão... Sequer responderam e mandaram-me de volta ameaçadoramente, armas em punho...

– Como não pensamos nisso antes, Marcos! Só podem estar nos levando para o regimento de cavalaria da PM no Prado. É o único lugar que cabe tanta gente! – Alcides exclamou exaltado.

– Mas será? Nós já passamos pela Contorno e os ônibus não diminuíram a velocidade... – falei, ainda tremendo de medo com a visão das armas apontadas pra mim.

OOO

Depois que passamos pela Nova Suíça, o comboio diminuiu a velocidade. Cada vez mais intrigado sobre o nosso destino, eu pensei: não podem estar nos levando para o campus da Católica, pois com certeza o reitor não o cederia para prisão de estudantes. Então, o nosso destino final só poderia ser um: o Parque de Exposições Agropecuárias da Gameleira, pensei, logo vendo ser confirmada a minha suspeita.

Lentamente, os ônibus entraram um a um dentro do parque, estacionando em um largo pátio, iluminado apenas pelo pisca-pisca das luzes das radiopatrulhas. Vi pela janela que o lugar estava também coalhado de soldados e eu estranhei que os motores dos ônibus continuassem ligados. Tentei abrir a janela, mas não consegui.

– Que merda é essa? A janela não abre! Será que eles vão jogar a fumaça pra dentro do ônibus e nos matar por asfixia?... – eu balbuciei paranóico. E uma estranha languidez foi aos poucos me envolvendo e o raciocínio embaralhou, como se eu já estivesse intoxicado.

– O quê, Alcides? – Carolina perguntou curiosa.

– Não é esquisito que o motorista não tenha desligado o motor, Carolina? Estamos aqui parados há tanto tempo... – eu falei baixinho.

– Acho que eles ainda não decidiram se a gente vai ficar aqui mesmo no parque, Alcides. Ou é guerra psicológica pra nos intimidar... Só pode ser uma coisa ou outra! – Marcos se intrometeu.

– Será que é só isso, Marcos? Os nazistas mataram milhares de judeus na

Segunda Guerra envenenados pela fumaça da descarga de veículos. A barbaridade da repressão fascista não tem limites... Veja o que a ditadura de Videla está fazendo agora na Argentina... E o que Pinochet fez no Chile... – ponderei, custando a esconder a paranoia.

– Que loucura! Vira essa boca pra lá, Alcides! Não estou vendo nem sentindo cheiro de fumaça... – intercedeu Carolina, nervosa.

– Além do mais, o motorista e os milicos continuam dentro do nosso ônibus, Alcides. A repressão vai intoxicar eles também? – Marcos completou, já me gozando.

– É mesmo!... – constatei surpreso, aliviando-me da paranoia.

Então, um oficial subiu no nosso ônibus, conversou com os soldados que ordenaram que saíssemos. Iluminado pelos faróis dos ônibus e o pisca-pisca das radiopatrulhas, o pátio agora fervilhava de estudantes, rodeados por centenas de soldados. Aos brados e empurra-empurra, os milicos nos organizavam ameaçadoramente em grupos, conduzindo-nos para um dos galpões do parque.

Eu, Carolina, Marcos e Rita seguimos juntos até o galpão, de onde exalava um cheiro de bosta de boi que entrou pelas narinas, revolvendo o meu estômago vazio, que roncava de fome... Isolados por uma parede de soldados, nós fomos confinados em um dos cantos do galpão, em meio a um montão de outros estudantes. E mais e mais estudantes eram trazidos e o silêncio aos poucos foi dando lugar a um zum-zum-zum barulhento, todos nós falando ao mesmo tempo.

No lado oposto do galpão, vi e contei dez mesas sendo montadas. Ao lado de cada uma, postavam-se três agentes que deduzi serem os encarregados pelos interrogatórios, pelas fichas e pelas fotografias. Dentre esses, julguei identificar o interrogador, o escrivão e o fotógrafo, os três à paisana, e dois soldados armados até os dentes...

Seria mesmo outra longa noite, pensei resignado.

OOO

Apesar do frio, todos nós suávamos depois das horas intermináveis que passamos nos ônibus abafados e, agora, naquele galpão fedorento. Além do mais, as filas para a triagem se moviam a passos de tartaruga, aumentando o cansaço da massa, agora misturado à irritação. Impaciente, corri as unhas pela pele do braço e elas saíram pretas de sujeira e úmidas de suor azedo... Que falta faz um bom banho, constatei, enquanto observava a fila andar lentamente.

– Seu nome completo!

– Marcos... Rodrigues... – respondi intimidado, olhando o escrivão anotar em uma ficha.

– Idade e escola onde estuda? – continuou o interrogador.

– Vinte e um anos... Estudante da Universidade Católica de Minas Gerais, curso de Economia...

– Então, Marcos, o que você estava fazendo na Faculdade de Medicina?

– Eu... Participando de um encontro de estudantes... Para discutir os problemas específicos do ensino universitário e trocar experiências com nossos colegas... – afirmei, com a voz trêmula.

– Não enrola, rapaz! Confessa que você estava participando de um encontro clandestino para criar a UNE, que é proibida por lei pelo governo. Isso é crime, tá na Lei de Segurança Nacional! Você não sabe que dá pena de prisão participar de um evento político, ilegal e subversivo? – ele perguntou, encarando-me.

– O encontro... É pra discutir a questão do ensino... Não é político... – eu gaguejei.

– Que nada rapaz! O III ENE foi proibido e qualquer manifestação política está também proibida! Você pode ser enquadrado na Lei de Segurança Nacional! Sabe disso, Marcos? – ele ameaçou.

– Como disse, senhor... O encontro era pacífico... Apenas para discutir questões do ensino... – insisti outra vez, gaguejando.

– Não minta, rapaz! Você já leu livros subversivos? – ele perguntou, fitando-me.

– O quê?...

– Não se dê de desentendido, rapaz. Perguntei se você lê literatura proibida... – o interrogador insistiu.

– Não senhor... Não gosto muito de ler... – respondi, cagando de medo, observando de soslaio o escrivão datilografar cada uma das minhas poucas palavras.

— É do Partido Comunista Brasileiro ou ligado a alguma organização clandestina?

— Não! De jeito nenhum...

— Nem à Ação Popular Marxista Leninista ou ao Movimento de Emancipação do Proletariado? – ele continuou ríspido.

— Também não! Juro por Deus...

— Não invoque o nome de Deus em falso, rapaz! E ao Partido Comunista do Brasil maoísta ou ao Movimento Revolucionário 8 de Outubro, o MR 8?

— Como é mesmo?... Nem conheço esse tal oito... – menti.

— Você tem conhecimento da atuação das organizações subversivas e dos elementos marxistas na sua escola?

— Não... Nunca ouvi falar...

— Não tente me enganar, rapaz! Não vem me dizer que você não participa de alguma tendência estudantil? Todos vocês participam, não adianta negar! É através delas que os elementos subversivos agem, doutrinam e recrutam quadros nas universidades para pregar a revolução comunista, a luta de classes. Confessa!

— Não, não participo de nenhuma tendência... Juro por Deus Nosso Senhor Jesus Cristo...

— E você é da diretoria do Diretório Acadêmico de sua escola? Ou do DCE, Marcos?

— Não! Só participo de algumas reuniões do DA, quando chamam nas salas de aula pra discutir questões das condições de ensino, dos preços das mensalidades... Essas coisas!... É que sou de uma família pobre e o preço da escola tá muito alto... – tentei justificar.

O interrogatório não demorou mais do que dez minutos, incluindo as duas fotografias, de frente e de lado, mas pareceu-me uma eternidade! Ainda mais porque, pela primeira vez na vida eu era interrogado pela polícia e, a cada resposta, me perguntava se havia respondido certo; se não tinha dado alguma bandeira, alguma mancada... Mas acho que me saí bem e fiquei aliviado quando o interrogador disse que tinha terminado e me mandou seguir em direção à saída do galpão, onde vi um amontoado de estudantes e policiais.

Rapidamente, segui na direção indicada e tomei um susto quando vi que estávamos sendo liberados; que dali em diante todos nós poderíamos sair livremente pela portaria do parque... Custei a me conter pra não correr e vi o alívio estampado nos rostos dos estudantes que estavam sendo liberados junto comigo.

Acelerei o passo, temeroso de que algo ainda pudesse me deter, mas finalmente vi-me livre na avenida Amazonas. O dia amanhecia – eram umas seis horas da manhã, talvez –, estava lindíssimo e a repressão tinha ficado pra trás! Olhei pro céu azul escuro, sem nuvens, e vi uma lua tênue e tímida ainda presente. Enchi os pulmões e respirei fundo, aliviado!

Quase cai de costas quando vi a quantidade de gente na calçada: parentes, amigos, estudantes, jornalistas, sindicalistas, advogados, deputados e até populares nos esperando! Emocionados como nós, eles nos saudavam e abraçavam... Sorriam... Choravam... Sussurravam palavras de encorajamento... Batiam palmas... Gritavam...

De repente, não consegui conter as lágrimas. Com os olhos marejados, olhei em volta, na expectativa de que alguém estivesse me esperando, quando escutei a voz de Martha e a vi, em meio a um grupo de estudantes da Católica:

– Marcos!... Marcos!... – ela me chamava emocionada.

Corri até ela e, ao abraçá-la, não contive as lágrimas outra vez. Um sentimento forte e denso transbordava de dentro de mim. E naquele terno abraço pude, finalmente, encontrar um pouco de paz... E de força!

Apesar do cansaço, eu decidi continuar ali, até que a Rita e o último estudante fossem libertados!

OITO

Sobre a avaliação da nova conjuntura política depois do III ENE. Todas as lideranças apostam na ascensão das massas. Robertão teme o processo pela LSN.

Com as edições de sábado e domingo do *Jornal do Brasil* debaixo do braço, segui no final da tarde da segunda-feira para o Edifício Maleta, na certeza de que lá encontraria muita gente do ME. Fora solto do DOPS às dez horas da noite de domingo e chegando à minha república, mal conseguira pregar os olhos; apenas entrei em alfa, depois de tomar um bom banho, comer um mexidão delicioso e contar pros meus colegas, até altas horas, como fora o cerco da polícia ao III ENE, a prisão em massa dos estudantes no Parque da Gameleira e o interrogatório no DOPS.

Levantei da cama agitado e ainda cansado quase cinco horas da tarde, mas doido pra conversar e fazer um balanço político do encontro, enquanto as coisas ainda estavam quentes na minha cabeça. Apesar de ser segunda, com certeza, muitos companheiros estariam nos bares do Maleta e, além do mais, eu estava seco pra tomar umas cervejas e uns conhaques! Enfim, colocar em ordem as ideias, relaxar e até desandar na embriaguez, quem sabe?

O Maleta estaria mais agitado do que nunca, previ satisfeito. Como as tavernas no Renascimento e no Iluminismo, os bares emulavam conspirações, de todos as matizes ideológicas e tendências, sigilosamente alinhavadas em mesas boêmias, artísticas, intelectuais, jornalísticas, profissionais ou militantes. Território do pensamento livre, analisei, lembrando, porém, que tínhamos de manter sempre a guarda ali, atentos às mesas ao lado e a qualquer sujeito suspeito, provável informante do SNI ou do DOPS. Mas isso não era nada fácil após algumas generosas e eloquentes doses...

Ao subir a rampa do Maleta, constatei que estava certo: para um final de tarde de segunda-feira, a movimentação era anormal. E logo identifiquei a voz rouca do Fernando, falando sobre o III ENE... Olhei em volta, receando a presença de algum informante da polícia, mas não reparei ninguém suspeito. E então caminhei em direção ao bar onde Fernando estava, mal contendo a minha indignação pela sua bandeira!

– Olá, Robertão! – saudou a Suely, ao ver-me aproximar; e interrompendo o que deveria ser um interminável discurso do Fernando.

De bata indiana branca, calça Lee e bolsa a tiracolo, com os cabelos ainda molhados, Suely estava bem refeita do interrogatório no DOPS e senti o cheiro de sabonete Palmolive e xampu Johnson quando a beijei carinhosamente. Ela estava sozinha com Fernando e nem disfarçou o alívio pela minha chegada.

– Estava te esperando, Robertão! Mas que cara é essa, companheiro? Você está abatido... – Suely continuou, fitando-me nos olhos.

– Não consegui dormir direito, Suely. Na verdade, fiquei em alfa! Além do mais, tive que contar tudo que aconteceu, tim-tim por tim-tim, pro pessoal da república até o dia amanhecer... E ainda tem essa de ser enquadrado na porra da Lei de Segurança Nacional! Esse inquérito vai ser uma dor de cabeça... – eu desabafei, sentando-me à mesa com eles.

– Camarada, também acho que vou ser processado pela LSN. O interrogador filho da puta no DOPS me ameaçou sem parar... É uma merda, mas faz parte da luta! – interrompeu Fernando.

– Sinceramente, acho que não é o caso de nos preocuparmos muito com esse inquérito, Roberto. Temos bons advogados e os milicos estão na berlinda... Apesar da gente não ter conseguido realizar o III ENE, foi uma puta vitória! O ME entrou em uma fase de ascensão irreversível... As manifestações de maio contra a prisão dos colegas em São Paulo e o dia nacional de luta contras as prisões arbitrárias foram o estopim desse processo. De lá pra cá, o nosso movimento não para de crescer e vai crescer ainda mais depois da absurda repressão ao encontro. Outro dado fundamental é que a classe média ficou do nosso lado... O regime militar está isolado, entrou na defensiva... Então, não acho que o processo pela LSN vá seguir em frente... – Suely tentou tranquilizar-me.

– Tá certo, tá certo Suely... Também avalio que a conjuntura política está mudando com uma velocidade incrível. O momento é realmente de ascensão das massas. No início do ano, quem poderia imaginar que os estudantes sai-

riam às ruas, que realizaríamos um dia nacional de luta e que desafiaríamos o governo militar, convocando o terceiro encontro nacional pró-UNE?... Ah... Mas vocês já leram os jornais? A matéria do JB de ontem diz que a repressão foi ordenada pelo ministro Armando Falcão... Veio de cima... Diretamente do general Geisel... – comentei, mostrando o jornal.
– Como é que é, Robertão?
– Isso mesmo, Suely! Tá escrito aqui no *JB* de domingo. Vou ler pra vocês:

> O governador Aureliano Chaves determinou o bloqueio de todas as escolas de ensino superior de Belo Horizonte, para impedir a realização hoje do 3º Encontro Nacional de Estudantes. Ele se reunira com o comandante da 4ª Divisão do Exército, general Antônio Bandeira, com quem acertou o entrosamento com as polícias Civil e Militar. Atendendo a telefonema do ministro da Justiça, Armando Falcão, o governador informou que tomara todas as providências para coibir o encontro dos estudantes, considerado ilegal pelas autoridades...

– Mas na verdade, Robertão, não importa de onde veio a ordem, né? O fato é que surpreendemos o governo militar... É verdade que o preço foi alto... 240 estudantes foram presos nas ruas e nas barreiras policiais nas estradas e 348 dentro da Medicina. Dos que foram interrogados no DOPS, todos estão com a cabeça a prêmio na LSN... Os milicos abriram os inquéritos... Mas digo pra vocês: não fomos nós que ficamos sitiados; nós, estudantes, é que sitiamos o regime militar. – Suely comemorou convicta.
– Bela sacada, Suely... Mas de onde você tirou esses números? – perguntei curioso.
– Foi um companheiro jornalista do "De Fato" que me passou. Ele estava na vigília e saiu um pouco antes da faculdade ser sitiada. Conversei com ele hoje...
– Ah... Mas a matéria do "JB" diz também que os estudantes da UNB não acataram a ordem do reitor de suspensão da greve e abandonaram o campus quando souberam que a polícia ia invadir a universidade. Acho que nós temos de chamar uma reunião ampla de todas as entidades e depois convocar assembleias gerais nas escolas para discutir com os estudantes o que vamos fazer daqui pra frente... – propus.

– Tava pensando nisso antes de vir pro Maleta... Temos de ampliar as mobilizações e aprofundar a luta democrática nas escolas... A mobilização em solidariedade aos colegas de Brasília é fundamental neste processo... – Suely afirmou, esfregando as mãos.

– Concordo inteiramente com vocês, camaradas... – intrometeu-se Fernando, mais uma vez.

– Uai, companheiro, mas não é você mesmo que acha que a questão democrática é secundária, que o central é a luta contra a política econômica e educacional do governo? Não me diga que está mudando de posição? – gozou Suely, virando-se pra ele.

– Ao contrário, camarada! Não distorça minhas posições... Se fossemos acreditar na conversa fiada da oposição burguesa, encampando ingenuamente as bandeiras democráticas, não teríamos sequer realizado a puta mobilização que fizemos nesses últimos dias, não teríamos convocado o III ENE... E se não tivéssemos lutado também nestes últimos anos pelas questões específicas das universidades, por melhores condições de ensino, mais verbas para a educação, contra o ensino pago e tudo o mais, os estudantes não teriam compreendido a importância de nossas entidades gerais; não estariam engajados na reconstrução da UNE. – ele respondeu exaltado.

– Então, companheiro, você não acha que o desdobramento natural da luta econômica seja a defesa das bandeiras democráticas, da anistia, das eleições gerais e da convocação de uma Assembleia Nacional Constituinte Livre, Soberana e Democrática, após a derrubada do regime militar? – provocou Suely com a voz irônica.

– Claro que não, camarada! Se encamparmos essa proposta da Constituinte, estaremos fazendo o jogo da burguesia e o movimento será cooptado por ela. Seremos usados como massa de manobra! A nossa bandeira deve ser a de um governo operário e camponês, contra o regime de exploração, sem conciliação com a burguesia! É esse o sentido maior que devemos dar à luta contra o governo militar agora.... – ele rebateu ainda mais agitado.

Aquele caloroso debate entre os dois era recorrente, mas me impressionava como Suely e Fernando eram capazes de repeti-lo, quase que com as mesmas palavras, todas as vezes que se enfrentavam. Não sei quem se empolgava mais, se a Suely ou o Fernando. Creio que os dois, mas, na verdade, era sempre ele o mais interessado em prolongar o embate. Provocativo e sectário de doer, Fernando fazia o confronto render infinitamente e chegava a passar horas enumerando argumentos contra as bandeiras democráticas...

Observando-o de soslaio, vi que Fernando estava com a mesma roupa e as olheiras fundas denunciavam que ele não tinha pregado os olhos depois de ser liberado do DOPS... De onde ele tirava tanta disposição, me perguntei intrigado, quando ouvi a voz do Conde.

– E aí, companheiros, tudo bem?... Que grande vitória do III ENE! Mas a coisa ficou feia em Brasília!... Já estão sabendo que a massa decidiu continuar a greve na UNB? – ele contou, sentando-se sem cerimônia à nossa mesa.

– Tá no *Jornal do Brasil*, Conde! – eu respondi, apontando para o jornal sobre a mesa.

– Pois é, camarada! Recebi um telefonema de um companheiro de Brasília que queria saber como foram as coisas no III ENE... E ele me disse que o reitor mandou a polícia invadir o campus, pra acabar com a greve! Mas na assembleia geral, a massa decidiu que a paralisação vai continuar, até a vitória! Temos de mobilizar a estudantada aqui em BH também e organizar logo pela manhã comitês de solidariedade aos camaradas da UNB... – Conde falou.

De banho tomado e cheirando a perfume Patchouli, bem vestido como sempre, Conde nem esperou que nos manifestássemos sobre a sua proposta, emendando:

– Demos um golpe decisivo na ditadura militar, hein? E a invasão da Medicina mostrou o desespero do regime. Acho que, de agora em diante, temos de acelerar a nossa luta, como os companheiros de Brasília estão fazendo. Chamar uma greve geral dos estudantes em todas as universidades do país... O ME está cumprindo o seu papel histórico, de força auxiliar do movimento operário e camponês, como dizia o camarada Trotsky. A panela de pressão está chiando! A ditadura militar está com os dias contados!... Podem anotar...

– A análise de vocês da *Libelu* é precipitada, companheiro Conde! Mas espero que não tenha discutido isso pelo telefone com os seus companheiros de Brasília. – eu o adverti.

– O quê, Robertão?...

– Não se conversa isso por telefone, companheiro! O telefone pode estar grampeado...

ABAIXO A LEI DE SEGURANÇA NACIONAL!

– Não falei com Brasília pelo telefone do DA, camarada! Foi da casa de meus pais, Robertão! – ele respondeu.

– Deixa de ser ingênuo, Conde! Quem disse que o telefone da casa de seus pais não pode estar grampeado também? – Suely tentou argumentar.

– Deixem de paranoia, porra! Não tem grampo porra nenhuma... E se tiver, fôda-se!... – ele exclamou, dando de ombros.

Não eram ainda oito horas da noite e o Maleta estava agora fervendo. Em todos os lugares, o assunto era um só: o III Encontro Nacional dos Estudantes, duramente reprimido pelo governo militar. Como uma faísca em um rastilho de pólvora, a nossa luta e resistência comoveram a sociedade, despertando manifestações de apoio e solidariedade e a consciência da massa estudantil de que a realidade poderia ser mudada e a liberdade conquistada. Havíamos vencido o medo, pensei orgulhoso. Mas como essa experiência se refletiria, daqui para frente, sobre as organizações populares e as oposições sindicais? Essa era, com certeza, a pergunta que pairava no ar...

Suely, Conde e Fernando tagarelavam animadamente – movidos pelas cervejas que o garçom trazia –, mas os meus pensamentos insistiam em divagar agora por outros caminhos. Pensei nos meus pais e na reação deles quando soubessem que eu fora preso e que estava agora fichado no DOPS, com o meu atestado ideológico sujo... E mais assustados os meus pais ficariam ainda quando eu dissesse que também estava sendo processado pela LSN, lamentei, tentando matutar a melhor estratégia para tratar disso com eles.

No bar Berimbau, vi a Rita conversando com a sua inseparável prima, Carolina, e o Marcos. Gata interessante aquela! Combativa, ela teve um papel fundamental na retomada do ME na Católica, mas durante o cerco ao III ENE amuou-se estranhamente... Tremia de medo depois que o coronel Medeiros nos disse que a Medicina seria evacuada... Então, resolvi ir até onde eles estavam. Dei um beijo na Suely, dizendo que ia ao banheiro, e sai.

– Olá companheiros! Tudo joia com vocês? – saudei ao chegar.

– Agora sim, Robertão! Tudo joia depois do sufoco do ENE... Foi uma barra pesada, né? Pra você deve ter sido ainda pior... Foi um dos interrogados no DOPS, né? Mas você não quer sentar-se conosco? – convidou Carolina, afastando a cadeira ao seu lado.

– Que puta olheira é essa, companheiro! É a ressaca do III ENE? – Marcos comentou, tragando o seu cigarro.

– Como todo mundo, estou só um pouco cansado, Marcos. Fomos liberados do DOPS só de noite e não consegui dormir quando cheguei em casa... Mas o III ENE valeu à pena, né? Foi uma demonstração de força e tanto do ME... E quem acabou acuado foi o governo militar! Agora, estamos articulando uma reunião pra fazermos uma avaliação mais profunda da conjuntura política pós-encontro. E a nossa proposta é prepararmos, desde já, outro encontro em São Paulo, no segundo semestre... – respondi, sentando-me ao lado de Carolina.

– E já com propostas de avançarmos na reconstrução da UNE? – questionou Marcos.

– Sim. Nossa proposta é preparamos, desde já, outro encontro em São Paulo, no segundo semestre... – respondi.

– Mas você acha que temos condições de realizar um novo ENE depois de tudo que aconteceu em BH, Robertão? Depois da repressão aqui e à greve dos colegas de Brasília? – Carolina perguntou apreensiva.

– Sim, Carolina, tem de ser avaliado melhor, mas talvez tenha chegado mesmo a hora... A hora da reconstrução da UNE... O movimento tá em ascensão... – afirmei, olhando para a Rita.

– Que puta demonstração de força nossa e dos colegas da UNB, hein? Eles decidiram continuar a greve, apesar das ameaças do filho da puta do reitor... É por isso que também acredito que o caminho seja por aí! A massa está disposta a radicalizar e pudemos sentir isso na vigília na Medicina e no galpão na Gameleira. Embora no fundo no fundo todo mundo estivesse com medo, nem mesmo a prisão intimidou a massa. Não acatamos a ordem de colocar as mãos na nuca e, quando estávamos na fila da triagem, vocês não se lembram que virou uma festa, uma verdadeira confusão quando a Suely foi reivindicar lanche pra todo mundo? Os milicos até tentaram nos conter, mas não adiantou... – disse Rita empolgada, olhando pra mim também.

– Sei lá, prima!... É difícil a gente se esquecer da repressão... Você mesmo tremeu de medo, principalmente quando a polícia sitiou a faculdade. E dos cachorros, então? Depois, o corredor polonês e a prisão na Gameleira. Joia que fomos liberados, mas ainda tenho medo... E não sei se tenho coragem, se estou pronta para enfrentar outro ENE... Veja o que está acontecendo em Brasília... – confessou Carolina.

– Medo, todos sentimos, Carolina. Não ter medo é que seria anormal! – Rita a cortou, com a voz firme.

– Você está correta, companheira Rita! O medo é mais do que normal. Todo mundo sentiu e eu também... Afinal, vivemos sob um regime de opressão. Mas a gente tem de lutar contra os nossos medos, ainda mais agora que a nossa luta está avançando. E a verdade, no final das contas, é que nós vencemos o medo no III ENE. – eu falei, encarando-a olho no olho, e continuei:

– Acho que a *Liberdade e Luta* comete um erro político quando afirma que o regime militar está caindo, mas a luta pelas liberdades democráticas está mesmo crescendo e a reconstrução da UNE é uma questão de tempo. Estamos vivendo em uma nova conjuntura, de ascensão do movimento. Isso é líquido e certo!

OOO

Era incrível como a Rita ia se exaltando à medida que falava, ligando as suas ideias em uma corrente de energia. Seus olhos brilhavam de paixão! Mas isso não era novo para mim. Desde menina, ela sempre foi assim, usando o dom da palavra e do brilho nos olhos para convencer as outras amigas, inclusive eu, a segui-la até o inferno, eu pensei, admirando-a conversar cada vez com mais desenvoltura com Marcos e Robertão.

Ao contrário de Rita, eu estava calada e dispersa, pouco dando atenção ao papo animado que os três travavam. Na verdade, ficara meio puta com ela, por ter me cortado rispidamente e me diminuído diante dos dois, quando confessei os meus medos... E lembrei-me de suas provocações na infância e que quase sempre me levavam às lágrimas... Carolina, a medrosa... Carolina, a covarde...

Mas, pensando bem, era mais do isso o que eu sentia naquele momento. No fundo no fundo, estava sem saco para ficar martelando apenas naquelas teclas do III ENE, da mudança de conjuntura política, da ascensão das massas, da reconstrução da UNE, da anistia, das liberdades democráticas e da luta contra o regime militar...

É claro que tudo aquilo me preocupava e empolgava também... E era uma merda que eu estivesse me sentindo tão alheia e alienada, lamentei...

Mas não e eu tinha de encarar a verdade livre de qualquer culpa: o que eu queria mesmo, naquele momento, era ter coragem pra mudar a faixa daquele disco na vitrola... Ou, simplesmente, coragem pra me levantar da mesa e ir embora...

PELA ANISTIA
AMPLA, GERAL
E IRRESTRITA!

NOVE

Sobre a 29ª reunião da SBPC, em São Paulo. Os debates, as articulações e as festas. Rita e Marcos superam o trauma da primeira transa malsucedida.

O governo militar apostou que as férias de julho esfriariam o Movimento Estudantil, mas não era isso que estava acontecendo. Em Brasília, a greve dos estudantes da UNB continuava a todo vapor, apesar da dura repressão comandada pelo reitor capitão Azevedo. Manifestações de solidariedade pipocaram pelo país e em BH o DA da FAFICH fez um júri popular simulado que condenou o capitão ao enforcamento por unanimidade. Na assembleia metropolitana dos estudantes, queimamos o boneco do reitor, desafiando os mais de cem soldados que estavam postados em frente ao portão da Faculdade de Medicina aos gritos "a luta continua, põe o capitão na rua".

Apesar da repressão ao III ENE, dos inquéritos policiais abertos contra as lideranças do ME e das ameaças de enquadramento na LSN, não havíamos baixado a cabeça. Pelo contrário! Já estávamos preparando o III ENE, marcado para setembro, e em São Paulo, a 29ª reunião anual da Sociedade Brasileira para o Progresso da Ciência (SBPC) prometia reunir não apenas cientistas, professores e pesquisadores. Em todo o país, as entidades estudantis passaram o chapéu, fizeram festas de arromba, arrecadaram fundos e organizaram caravanas para a 29ª SBPC. E lá estaríamos nós, no campus da PUC São Paulo, para debater os rumos da luta contra o regime militar e do movimento pela anistia, com intelectuais das esquerdas e lideranças da sociedade de todas as tendências políticas...

Além da Rita e de mim, estariam lá na SBPC a Suely, o Robertão, o Conde, o Tavares, o Fernando, a Lúcia, o Aurélio, o Alcides, a Martha, o Gabriel, o Toninho, a Solange e um bando de outros militantes. Até o Cláudio "maluco beleza" disse que iria... Chegamos a pensar em fretar um ônibus, mas acabou que não deu.

Como ainda não conhecia São Paulo, havia convencido Rita a viajarmos um dia antes da abertura da SBPC. Pegamos então um ônibus noturno da viação Cometa e logo pela manhã já estávamos batendo pernas pelo centro de São Paulo. Percorremos as avenidas Ipiranga e São João, cantadas por Caetano Veloso, paixão da Rita; fomos à Catedral da Sé, onde o ato ecumênico em homenagem ao jornalista Vladimir Herzog, assassinado pelo DOI-CODI, ecoou pelo país em 76; e rodamos pelas ruas do entorno da Praça da República... Só no final da tarde, exaustos, seguimos para o bairro Pinheiros, onde ficaríamos na casa de um casal da *Organização*,[1] antes de seguirmos no dia seguinte para o alojamento na PUC São Paulo.

Amigos do irmão mais velho de Rita, Carlos e Ana nos receberam muito bem, mas tivemos pouco tempo pra conversar. Ambos tinham encontros em São Bernardo do Campo, onde a *Organização* estava tentando se estabelecer junto ao movimento operário do ABC, e apenas voltariam tarde da noite. Antes de sair, eles nos informaram que alguns estudantes do Rio Grande do Sul, cujo grupo tinha proximidades ideológicas com a *Organização*, também estariam na SBPC e pediu que procurássemos um cara chamado Rafael. Disseram-nos que a Suely o conhecia e pediram que marcássemos uma reunião de avaliação com ambos no aparelho de Pinheiros, após a reunião da SBPC.

Depois de nossa traumática primeira transa, era a primeira vez que a Rita e eu ficaríamos juntos sozinhos, tendo uma longa noite pela frente. Encabulado, eu não sabia o que fazer, mas o frio cortante que fazia naquela noite de julho e as garrafas de vinho que compramos logo indicariam o caminho. Quem sabe, dormiríamos meio bêbados e abraçados, depois de transarmos por não sei quantas vezes. Ou pelo menos era o que eu esperava, pois nos dias seguintes não haveria condições para isso no alojamento coletivo...

OOO

---

[1] Grupo clandestino da Centelha que iria se fundir com o da tendência gaúcha Peleia, formando a Organização Marxista-Leninista Democracia Socialista (ORMDS). De orientação trotskista, ligava-se ao Secretariado Unificado da IV Internacional.

O caso entre Marcos e eu começou apenas como uma atração física irresistível, que julguei passageira. A sua beleza me arrepiou quando o conheci no básico das Ciências Sociais, mas o que mais me atraiu foi o charme da sua timidez. Embora crítico da sociedade, Marcos não acreditava na revolução e no socialismo e entregava-se à porra-louquice individualista e alienante. ME nem pensar, ele me disse uma vez...

Mas o ceticismo tornava-o um cara extremamente angustiado. No início, ele procurou afastar-me e conseguiu. Mas com as mobilizações deste ano, Marcos se aproximou do ME e de mim e, para minha surpresa, fui eu quem tomou a iniciativa. Uma verdadeira loucura, porque estávamos os dois meio de fogo e eu tinha vergonha de dizer que ainda era virgem, que nunca tinha transado... Que o tabu católico da virgindade sempre me bloqueava na hora H...

A nossa transa aconteceu na semana seguinte ao III ENE, lembro-me bem. A loucura do medo da repressão tinha me deixado em frangalhos e colocado por terra toda a minha racionalidade e segurança. Entretanto, em um dos momentos daquele dia louco, com a faculdade sitiada, foi em Marcos que encontrei força e carinho, embora ele não tenha me dado muita bola. Depois, ao vê-lo me esperando em frente à portaria do Parque da Gameleira, eu desabei...

Os momentos mágicos aproximaram-nos e foi no fim de semana seguinte que nós fomos para a cama. Recordo que nós estávamos bebendo em um bar com a Suely, o Tavares, o Alcides e a Carolina, e quando eles decidiram ir embora, nós dois resolvemos continuar noite adentro. E continuamos a noitada no bar Escaramuche da praça Raul Soares, onde bebemos e comemos um mexidão, até que Marcos perguntou pra onde eu queria ir... E de cara eu respondi que gostaria de ir pra casa dele.

Fiquei um pouco *grilada* com aquela ousadia, mas tinha que cometê-la: afinal, já estávamos ficando juntos há mais de um mês e nossa intimidade se restringia a alguns sarros dentro do *Fuscão* dele, quando me levava pra casa depois das reuniões. Inclusive, eu achava muito estranho o fato de ele ainda não ter me cantado, mas naquela noite descobri que a razão era a sua timidez...

A nossa primeira transa foi um desastre total! Chegamos ao seu barracão e ficamos no sarro, sentados nas almofadas empoeiradas da minúscula sala, quando comecei a espirrar. E tive uma verdadeira crise de espirros, quando já estava praticamente sem a blusa e a calça comprida... Mesmo assim, Marcos prosseguiu, passando as mãos pelo meu corpo e apertando os meus seios, me amassando, sua língua percorrendo a pele do meu pescoço...

O ataque de alergia passou e acabei ficando outra vez com tesão, mas de repente dei-me conta de que a luz estava acesa e senti vergonha da minha nudez, como se eu fosse a maior puta da paróquia! Era o tabu da virgindade soando na minha mente e insisti com Marcos pra que apagasse a luz e disso ele se aproveitou para me levar pro quarto, onde não havia cama: apenas um colchão de casal sobre um velho tapete no chão. E mais espirros vieram...

Marcos começou a tirar a sua roupa com sofreguidão. Outra vez fiquei surpresa comigo mesma, ao puxá-lo pra mim, beijá-lo e literalmente rasgar a sua camisa. Naquele frenesi, nos embolamos em uma verdadeira loucura de braços e pernas, beijos e abraços, até que ele arrancou a minha calcinha com força...

Eu já tinha ido pra cama com outros caras, mas nunca deixava que o ato se consumasse, sempre com alguma desculpa qualquer, menos a do tabu da virgindade... Naquela noite, talvez porque estivesse meio bêbada, eu queria que a coisa fosse diferente e, se dependesse do Marcos, seria realmente. Como foi...

Lembro que quando Marcos começou a me penetrar uma dor incrível misturou-se com o tesão e ambas as sensações alternaram-se, deixando-me completamente desorientada. Ele percebeu que eu era ainda virgem, mas a tensão estava a mil e ele não se importou quando tentei desvencilhar-me, empurrando-o e gritando que a dor era forte demais...

De nada adiantaram os meus protestos e ele me penetrou. Segundos depois Marcos já tinha gozado... Aquilo me deixou magoada e o meu sentimento era de que, na verdade, eu tinha sido estuprada! Escondi as lágrimas, levantei-me e lavei-me do sangue no banheiro sujo. Decidida, vesti minhas roupas e fui embora, apesar dos apelos surpresos do Marcos.

Foi uma noite bem triste e estranha aquela; e as nossas relações ficaram estremecidas. Nos dias seguintes, eu nem queria vê-lo, mas, tempos depois, Marcos foi a minha casa e nós, então, conversamos longamente sobre o que havia acontecido. Ele reconheceu que tinha forçado a *barra* e que não me respeitou, mas eu senti que, no fundo, o seu maior *grilo* fora o de ter gozado tão rapidamente.

Marcos estava mesmo transtornado por isso e me confessou, depois de muitos rodeios, que aquilo só passou a acontecer depois que ele começou a transar com as garotas da universidade. Antes, ele transava apenas com putas e isso não acontecia.

– Até uns 19 anos, fiz sexo só com putas, pois com as menina, não dava pra passar nem do sarro no carro ou no cinema... E olhe lá!... Quando tinha dinheiro, eu ia à Casa da Zezé, na Francisco Salles. Quando tinha pouco dinheiro, aos puteiros da Guarani e da Guaicurus. E foi assim com quase todos meus amigos também... Mas na verdade, Rita, pra mim não era só sexo. Sempre que podia eu ficava conversando com as putas. Cada história de vida mais fantástica, estranha e dura que a outra... – Marcos tentou justificar. E continuou:

– Na faculdade, aconteceu de as coisas irem além do sarro... E aí me aconteceu essa merda da ejaculação precoce... – ele me disse naquele dia.

Fiquei horrorizada e decepcionada, mas confesso que também comovida. E o consolei, quase que esquecida da trágica experiência da nossa primeira noite...

Então, depois que o Carlos e a Ana saíram, não consegui relaxar, temendo pela noite que teríamos pela frente. Mas a conversa entre nós foi acontecendo descontraidamente, o frio apertando e o vinho fazendo seus efeitos. Vieram então os beijos ardentes, o sarro e o tesão incontrolável! No início, não consegui deixar de ficar *grilada*, mas Marcos foi bem cauteloso e carinhoso daquela vez; e eu acabei relaxando. Senti o maior prazer do mundo, mas ele, coitado, foi novamente rapidíssimo...

Depois de cada nova e rápida penetração, Marcos me perguntava, atormentado, se eu havia gozado... E acabei dizendo que sim, em todas elas, embora não soubesse exatamente o que aquilo significava: apenas sabia que estava sentindo muito prazer. Após não sei quantas trepadas, estávamos exaustos e ele dormiu...

OOO

Chegando à PUC com a Rita, eu me perdi desnorteado, em meio à maratona de mesas-redondas, conferências, exposições, palestras, assembleias, reuniões e grupos de trabalho. Sentindo-me como um capiau, custei a me situar e entender o que se passava na SBPC. Numa sala, palestras e apresentações de trabalhos sobre geologia; em outra, sobre energia nuclear; e em mais outra, sobre irrigação... E foi como que procurando uma agulha no palheiro que eu e ela nos deparamos, maravilhados, com a palestra do antropólogo Darcy Ribeiro.

Apesar do enigmático título afixado na porta do auditório, "Sobre o óbvio", a sua fala me hipnotizou logo que entrei. A enorme e barulhenta plateia presente delirava, ouvindo em êxtase ele falar, com graça e ironia, sobre o curso da história brasileira e da nossa cultura miscigenada, indígena, europeia e africana, moldada desde o descobrimento do Brasil. Falava com desenvoltura, debochando das elites que nos dominam há quase cinco séculos, e depois de arrancar gargalhadas e mais gargalhadas da plateia, Darcy terminou a sua fala sob ovação...

– Uai, onde vocês estavam, Marcos? – perguntou Tavares, ao nos ver saindo do auditório em meio à multidão.

– Na palestra do Darcy Ribeiro. O cara fala bem demais, Tavares! Foi um show! O único problema é que ele é ligado ao trabalhismo de Getúlio Vargas... Discípulo de Leonel Brizola, dizem... – Rita respondeu, com ressalvas.

– Pô, perdi essa do Darcy, que é lá de Montes Claros! Terra dos meus pais! Que merda!... Mas à tarde tem uma plenária sobre a anistia. A fundadora do Movimento Feminino pela Anistia, Dona Therezinha Zerbini, estará presente. Esta eu não perco de jeito nenhum! – disse Tavares com empolgação.

– Sem dúvida, Tavares, a discussão sobre a anistia é quente! Gente reacionária, mas que posa de progressista, levanta a tese da tal reciprocidade, de a anistia valer pros dois lados; pros companheiros de esquerda que pegaram em armas contra o regime militar e pros militares. Pra mim, a anistia só será verdadeira se for ampla, geral e irrestrita, mas é óbvio que não deve valer pros torturadores assassinos e seus mandantes – o lugar deles é na cadeia! Quero ouvir a fala de Dona Therezinha sobre isso... – emendei, esfregando as mãos.

– Dona Therezinha defende a anistia pros companheiros de esquerda, Marcos! Estive na reunião de fundação do núcleo do MPFA em Belo Horizonte; aquela com a Dona Helena Greco e mais de 60 companheiras. Isso está na carta-programa do movimento que reivindica a anistia pros mais de 200 presos políticos que estão penando nas cadeias, além de todos os banidos, exilados e cassados pelo regime militar... – Rita falou.

– É claro que sei disso, Rita! Vê se pode? Só quero ouvir os argumentos da Dona Therezinha, pô! – respondi com a voz irritada.

– Mas gente! Vejam aqui no programa da SBPC! Na mesma hora da plenária da anistia tem uma mesa com o Fernando Henrique Cardoso, aquele sociólogo da USP que é do grupo autêntico do MDB e que esteve exilado no Chile, antes da derrubada do governo Allende pelo general Pinochet... – Tavares intercedeu.

– É!... O pau vai quebrar nessa mesa também! Vai ser difícil a gente escolher a qual ir... – Rita lamentou.

– Pois é, Rita, vamos ter de nos dividir pra acompanhar as mesas e plenárias mais importantes. Depois a gente discute e faz uma avaliação sobre o que cada um assistiu... – propus.

– Combinamos isso no almoço, Marcos! A Suely pediu que eu procurasse vocês para nos encontrarmos no Restaurante Universitário. Ela quer fazer uma reunião ampla no fim da tarde com um pessoal próximo do Rio Grande do Sul, da *Peleia*. Mas quer que a gente discuta algumas coisas antes dessa reunião... – Tavares disse.

– Os companheiros do aparelho onde dormimos falaram mesmo que um tal de Rafael estaria aqui... Estou doido pra conhecer o pessoal dessa tendência do Sul... – comentei curioso.

– Sim, já estive com esse Rafael e com uma gata gaúcha de babar, de tirar o chapéu, a Sônia. E a Suely marcou a reunião...

– A coisa é séria, Tavares! Deixa de ser galinha! – Rita protestou, fulminando-o com os olhos.

OOO

Foi uma semana praticamente sem dormir em São Paulo. Durante o dia, a gente se desdobrava para acompanhar as atividades da 29ª reunião da SBPC, em um vai e vem político frenético pelo campus. E ainda encontrava tempo para as plenárias de tendências. Tivemos reuniões com o pessoal da *Liberdade e Luta* e da *Refazendo* com o pessoal do Sul...

À noite, era a vez da via sacra de festas e mais festas, organizadas pelos DAs, pelos DCEs Livres da PUC e da USP e pelas tendências até quase o amanhecer, apesar do frio. Entre todas, as que mais curti foram as da *Liberdade e Luta*, sempre apinhadas de gente descontraída e bonita! Foi numa delas que eu vi também pela primeira vez dois barbudos se beijando na boca e sarrando na frente de todo mundo... Do outro lado, mulher com mulher...

A turma da *Libelu* gosta mesmo do rock and roll, embalado quase só pelos Rolling Stones, e não tem preconceito com o amor livre e a liberdade sexual, com as bebidas e até com a maconha, constatei surpreso, ao ver os cigarros de maconha passando de mãos em mãos na festa de despedida da SBPC. Eu, porém, nem experimentei... Desde que entrara para o ME, havia deixado de lado as tentações das anfetaminas, *blues* e da cannabis sativa...

— Não é que eu nunca tenha gostado de um *baseado* ou que recrimine hoje quem fume unzinho. Já fumei muito na minha vida e longe de mim o moralismo careta dos reformistas do *partidão* e da pequena-burguesia! Agora, admita companheiro Rafael: a maconha é meio alienante; reforça o individualismo pequeno-burguês... — eu disse.

— Quê isso, tchê! Tá delirando? Não tem nada de alienante ou contra-revolucionário fumar um *baseado*. Pelo contrário, a droga abre a cabeça, pode ser até libertária e emancipadora. O problema é saber a hora, quando... Estamos aqui agora numa festa de arromba da *Libelu*. Estamos todos bebendo e divertindo. Que mal há nisso, Marcos? — respondeu Rafael, olhando-me com um olhar de incredulidade.

— Não vejo mal algum, companheiro! Só digo que a maconha pode conduzir a um desvio individualista, pequeno burguês. E há sempre o risco da repressão. Se a polícia estoura uma festa dessas vai dizer que, além de comunistas e subversivos, nós somos também maconheiros e drogados...

— Quanto a isso da repressão tu tens razão, companheiro. Mas não é o caso dessa festa. É a última, tá limpa, Marcos. Deixa de paranoia, relaxe e curta! — ele aconselhou, agora me gozando.

— Não estou com medo! Apenas falando o que acho, Rafael... — respondi amuado.

— Não te aporrinhes, tchê! Também só estou papeando... Mas para nós, da *Peleia*, a questão cultural é fundamental no processo revolucionário. Temos de estar onde está a massa da juventude, falando a mesma língua. E não há como negar que as drogas estão associadas, muitas vezes, à contestação à sociedade de consumo capitalista, aos valores burgueses e à moral conservadora. Foi assim com o movimento hippie contra a guerra do Vietnã nos Estados Unidos. E mesmo em maio de 68 na França, o componente cultural foi estratégico para a mobilização revolucionária da juventude. Quer dizer, a revolução não é só política, Marcos. É cultural também... – afirmou Rafael.

– Sim, Trotsky trabalha muito em seus textos essa linha da importância da cultura. E mesmo a revolução cultural de Mao Tzé-Tung na China...

– Aí não, tchê! Não confunda as coisas! O Mao comandou um expurgo cultural e político. Tentou impor a ditadura do pensamento único também na cultura, como aconteceu na União Soviética. Mao e a camarilha dos quatro, com os seus campos espúrios de reeducação forçada da juventude e a perseguição aos que ousavam pensar diferente. Prendiam até quem tinha um livro de Balzac! Stalinismo em estado puro, meu companheiro. Essa é a verdade, Marcos! – Rafael reagiu exaltado.

– Claro que eu assino embaixo da sua opinião sobre a revolução cultural de Mao, Rafael. O que eu quis foi enfatizar o que você mesmo falou, que a revolução é política... Mas cultural também...

– Mas camarada Marcos, não confunda as coisas... Uma coisa é a cultura livre de amarras, democrática e libertária; instrumento de emancipação da juventude e do proletariado... Outra coisa é a cultura como meio de opressão e controle, o tal do realismo socialista, como Stálin fez na URSS e Mao na China! – Rafael argumentou.

– Não estou confundindo... É que...

– Uai, vocês dois vão ficar de papo aí a noite toda? Deixem disso, companheiros. Vamos dançar, essa é a última noite da SBPC! Mas cadê a Rita, Marcos? – disse a Suely, chegando de repente com a Sônia e interrompendo-nos.

– Ela já foi pro alojamento, estava com dor de cabeça. E eu também vou daqui a pouco... Só vou beber mais uma cerveja e uma dose de conhaque antes de dormir. Tá frio pra caramba hoje!... – respondi amuado, tentando disfarçar a irritação por ter sido colocado contra a parede na discussão com o cara da *Peleia*. Antes de sair em direção ao bar, perguntei, fitando a bela gaúcha:

– Vocês querem uma cerveja também?

– Agora não, Marcos! Nós vamos é dançar, não é Suely? – disse Rafael, agarrando a mão dela e a levando, sem esperar resposta.

– Eu te acompanho, *tchê*! – disse Sônia, segurando o meu braço.

PELA LIBERDADE
DE IMPRENSA!

DEZ

Sobre um novo jornal de esquerda, alternativo ao "Movimento". Rita discorda de Robertão e constata segundas intenções no seu convite para uma reunião de estudantes independentes.

Olhei para o relógio e já eram quase quatro horas da tarde! Como pude ter ficado ali deitada desde o almoço, com o livro *A Revolução Sexual* de Willian Reich aberto na mão, mas sem conseguir ler uma página sequer, só pensando no Marcos, eu me perguntei indignada, levantando-me da cama de um supetão.

Estávamos agora namorando, a mil por hora, depois da viagem a São Paulo... Muitos dos meus *grilos* tinham evaporado, mas alguma coisa ainda me incomodava e eu não conseguia saber o quê... Sozinha em casa, cansada de pensar e pensar, fui até a sala, colocando a toda altura na vitrola o disco "Caros Amigos", do Chico Buarque.

Acendi então um cigarro e me joguei no sofá, fechando os olhos. E entreguei-me à música e à voz do Chico entre tragos e mais tragos, até ser surpreendida, pouco tempo depois, pela campainha tocando. Pelo olho mágico da porta, eu não acreditei quando vi o Robertão.

– Oi Rita, tudo bem?

– Tudo joia, Robertão! Uai, mas que milagre é esse? O que aconteceu, companheiro? Vamos entrar... – eu o convidei ao abrir a porta, sem disfarçar minha surpresa, esquecendo-me que usava apenas um minúsculo short.

– Estava passando aqui por perto e resolvi ver se você estava em casa... Legal este disco do Chico, né? Parece que é dedicado ao poeta Augusto Boal, que está exilado na Europa, em Portugal, eu acho... Você sabia disso? – ele falou, sentando-se no sofá, sem cerimônia.

– Sim, já me disseram, Robertão. E eu simplesmente adoro esse disco. *"A Marieta manda um beijo para os seus. Um beijo na família, na Cecília e nas crianças..."* – cantarolei baixinho, acompanhando a música título do disco, enquanto abaixava o volume da vitrola.

– Já teve notícias do III ENE em São Paulo, Rita? – ele me perguntou, observando-me sentar na poltrona a sua frente.

– A Suely fez um relato pra gente...

– Companheira, foi barra pesada! A polícia invadiu a PUC e até as salas de aula. Os meganhas desceram o cassete sem dó. Muita gente foi ferida ou queimada pelas bombas. Cinco companheiros, com queimaduras graves, tiveram de ser levados para o hospital! E mais de 1,5 mil estudantes foram detidos; todos interrogados e fichados. A PUC de São Paulo virou uma verdadeira praça de guerra, com árvores pegando fogo, gritaria e corre-corre... Por pura sorte, eu consegui escapar ileso... – ele relatou.

– Que horror, Robertão! E as queimaduras foram graves?

– Sim, Rita! Dois companheiros tiveram queimaduras por todo o corpo. Acho que ainda estão hospitalizados...

– Então, a repressão em São Paulo foi mesmo muito mais pesada do que aqui em Belo Horizonte! Porra! A Suely relatou, mas não pensei que tivesse sido tão violenta... – exclamei.

– Sem dúvida, Rita! Foi muito mais violenta do que a daqui! O secretário de Segurança de São Paulo, o tal coronel Erasmo Dias, é um milico da extrema-direita filho da puta e mandou os soldados descerem o pau nos estudantes, pra impedir a realização do encontro custasse o que custasse... Mas quando ele ordenou a invasão do campus nós já tínhamos realizado o encontro... Imagine o ódio do filho da puta quando soube que o III ENE já tinha sido realizado... – Robertão falou satisfeito.

– A Suely contou que vocês conseguiram escapar se escondendo no telhado...

– Foi mesmo! Uma verdadeira loucura! Passamos quase a noite inteira escondidos sob o telhado! Só descemos quando tivemos certeza de que a polícia tinha ido embora. Mas ainda bem que não estava tão frio como na época da SBPC, lembra-se?... A discussão agora é sobre quando faremos o congresso de reconstrução da UNE. Os radicais querem que seja em 78. Nós defendemos no início de 79... – Robertão falou, acendendo um cigarro.

Fotos: Arquivo do jornal Estado de Minas, Belo Horizonte, junho de 1977

– Nós também ainda estamos discutindo quando será melhor... – respondi, sem deixar transparecer a minha dúvida na voz.

– É 79, com certeza, companheira! Dá mais tempo para nos organizarmos na base, nas escolas, e para reconstruirmos as Uniões Estaduais de Estudantes nos estados. Por isso, 79 é a proposta mais correta! E espero que vocês também fechem conosco! Aliás, depois do aparelhamento do jornal *Movimento* pelo PC do B, estamos caminhando juntos para fundar um novo jornal, não é mesmo?...

– O *Em Tempo*, né? O número zero sai esses dias...

– Sim, mas não está sendo nada fácil, né Rita? O projeto é uma torre de babel, um balaio de gatos... No coletivo do jornal tem os economicistas do MEP e os stalinistas do MR 8; tem os trotskistas da *Libelu*, da *Peleia* e da *Centelha*; têm alguns companheiros da APML, como eu; e tem os intelectuais independentes... É muita gente, a maioria querendo aparelhar o jornal, como aconteceu com o *Movimento*! Uma verdadeira guerra de foices...

– Mas o *Em Tempo* precisa de um programa, tem de apontar uma linha revolucionária clara para os trabalhadores, ter uma direção, companheiro! – afirmei.

– Em termos, Rita... Acho que a força do jornal será maior como uma frente de esquerdas, comprometida em apresentar uma alternativa popular e democrática para a luta contra o regime militar. Não pode ser um jornal de grupo, de organização... O que minou o *Movimento* foi a sua partidarização, o aparelhamento pelos maoístas do PC do B que, aliás, hoje estão defendendo o regime comunista da Albânia. Vê se pode?

– Essas frentes sempre acabam rachando mesmo, Robertão... Foi assim com o jornal *Opinião*, que era uma frente ampla, e agora com o *Movimento*, que também era uma frente, só que de esquerda. E alternativa democrática e popular é muito pouco para um programa revolucionário! A questão principal, para nós, está na compreensão do estágio atual da revolução brasileira e sobre o papel dos estudantes junto ao movimento operário nesta conjuntura de ascensão das massas. Por isso, a luta pelo socialismo, contra a sociedade de opressão e exploração dos trabalhadores, deve nortear o programa do novo jornal... – rebati convicta.

– Mas aí vai virar partidarização; um jornal de organização, Rita! A meu ver, o programa do jornal deve contemplar o que pode unir a esquerda progressista hoje, que é a luta contra a ditadura militar, pela anistia plena e por uma Assembleia Nacional Constituinte, Democrática e Popular. O jornal deve aproveitar as eleições do ano que vem para levar essas bandeiras às massas e se consolidar. E a sua direção deve ser colegiada e coletiva, sem hegemonia de nenhuma tendência!

– Companheiro, isso parece conversa fiada de reformistas e revisionistas, misturada com a de anarquistas. Desse jeito, o jornal não vai a lugar algum. E servirá apenas como massa de manobra para a oposição burguesa. Vamos ser usados, essa é a verdade, Robertão... –

– Rita, não estou defendendo uma posição atrasada como a do partidão e do *Movimento*, que defendem que as esquerdas integrem a luta da oposição burguesa, apoiando os candidatos do MDB incondicionalmente nas eleições de 78. Sou contra a proposta de frente ampla pela redemocratização, que os reformistas estão propondo! Mas em vários estados as esquerdas vão lançar candidatos a deputado pelo MDB e devemos apoiá-los! Pra mim, a questão é tática apenas: apoiamos os emedebistas do campo dos autênticos pra avançar a luta contra a ditadura militar, mantendo, porém, a nossa autonomia e total independência! – Robertão insistiu.

– Como já disse, acho isso muito pouco... E equivocado! No ME, por exemplo, devemos apontar para a massa que a luta pela anistia plena e contra o regime militar está ligada a um objetivo maior, que é a da construção de uma sociedade socialista e de uma universidade voltada para os interesses dos trabalhadores...

– Esse discurso não atinge a massa, Rita! De jeito nenhum! É radical demais da conta. E levará a direção do Movimento Estudantil ao total isolamento! Pode ter certeza! – ele assegurou, elevando a voz.

– Taí mais uma de nossas diferenças de opinião sobre os rumos da luta contra a ditadura e o programa da revolução socialista brasileira, Robertão! – respondi lacônica, também com a voz firme.

– Tudo bem! Sei disso... Mas pelo menos a gente consegue conversar...

– Isso é verdade. Quase sempre... – eu reconheci.

– E foi exatamente por isso que eu decidi vir te procurar hoje, Rita... É que vamos fazer uma reunião amanhã pra discutir essas questões e estou convidando gente de todas as tendências... E sem tendência também... Alguns companheiros independentes... Você topa participar?...

– Você chamou a Suely pra essa reunião? – eu perguntei, ressabiada.
– É claro, Rita. Chamei, mas não sei se ela vai. Você sabe como a Suely é com essas coisas...
– Sei sim. Mas prometo que vou pensar, Robertão! – eu titubeei.

Atônita e grilada com aquela conversa meio esquisita, eu resolvi por um ponto final, convidando-o para fazer um lanche. Fomos então até a cozinha, onde a empregada, antes de sair, havia deixado a mesa posta com queijo fresco, pães, biscoitos de nata e um bolo de fubá incrível que só ela sabe fazer tão bem e que eu adoro! Teria apenas de coar um café e de esquentar o leite e, enquanto fazia isso, eu e Robertão conversamos animadamente sobre os planos para a organização das calouradas de 78 e que seriam unificadas em Belo Horizonte pela primeira vez.

Ele é mesmo um cara muito criativo e as suas propostas são ótimas, eu pensei enquanto trocávamos ideias. À medida que conversávamos, Robertão mostrava-se cada vez mais cativante e tive de admitir, surpresa, que estava batendo uma gostosa empatia... Em meio ao papo, confirmei também que a atração era recíproca; ele não tirara os olhos de minhas pernas...

Outra prova disso era que ele viera à minha casa, com aquela *conversa mole* de que estava passando ali por perto quando resolveu ver se eu estava... Na verdade, ele poderia ter me convidado para aquela estranha reunião na universidade, no DCE ou em qualquer outro lugar...

Mas o certo era que a nossa conversa fluiu maravilhosamente e ficamos conversando na cozinha sobre música, cinema e uma *porrada* de outras coisas mais depois do lanche. Quando dei por mim, já eram quase sete horas da noite e eu tinha combinado assistir um filme no Cine Roxy com o Marcos e a Carolina.

– Sem problemas, Rita! Eu também tenho coisas para fazer agora à noite. Combinei de encontrar com o Aurélio... Então, a gente continua o nosso papo depois, né? – ele perguntou, fitando-me nos olhos.

– Claro, Robertão! Marcamos em um dia desses... – respondi, surpreendida pela ousadia, mas que logo deu lugar à culpa, quando lembrei que encontraria com o Marcos em seguida.

Levantamo-nos e eu o acompanhei até a porta de casa. Antes de nos despedirmos, Robertão ainda insistiu:

– Amanhã, a gente pode marcar o nosso papo. Quem sabe, tomamos uma cerveja depois da reunião, Rita?

– Vamos ver, Roberto!... Ainda não sei... – disse.

– Deixa disso, Rita! Vamos lá! Ninguém vai te morder na reunião! Muito menos eu... – ele me desafiou, despedindo-se com um beijo no meu rosto.

OOO

Enquanto tomava um banho de gato, fui envolvida pela euforia. Depois de um início de tarde modorrento, jogada sobre a cama sem conseguir ler, pensando no Marcos, recebera a visita do Robertão que – agora eu via claramente – tivera dois objetivos. O primeiro, o de tentar me ganhar, me cooptar para a articulação que ele estava fazendo. Certamente eu não entraria naquele barco dos independentes, pra lá de furado, mas só o fato de Robertão ter me convidado era motivo de satisfação; um reconhecimento pela minha liderança no ME!

O outro objetivo foi o de me paquerar, estava claro também! Logo que saquei suas intenções, fiquei surpresa, mas agora, pensando bem, não era tanta surpresa assim. Na noite no Maleta após o III ENE, quando ele, de repente, surgiu na nossa mesa, sentando-se comigo, a Carolina e o Marcos, observara que Robertão quase só falava olhando pra mim.

E a partir daí, todas as vezes que nós nos encontrávamos, eu o surpreendia vez ou outra me olhando de soslaio e às vezes até me encarando. Embora achasse aquilo curioso, eu não via naqueles olhares segundas intenções e tampouco correspondia, apesar da Carolina sempre tentar colocar uma pulga atrás da minha orelha...

– Imagine então quando a prima souber dessa tarde maluca... – eu murmurei, com a língua já coçando.

De repente, uma buzina insistente, com certeza do *Fuscão* de Marcos, soou lá fora... Então, acabei de vestir a roupa ainda molhada e sai de casa correndo.

– Não! Não vou a essa reunião do Robertão... Tô mais do que fora dessa articulação de independentes... Onde já se viu fazer a revolução sem um partido revolucionário leninista? – sussurrei decidida, descendo as escadas pulando.

ONZE

Sobre uma panfletagem no vestibular de 78. Marcos fica irritado com Fernando. Tavares conhece duas vestibulandas e solta o verbo contra o ensino pago e a ditadura.

Deixei de viajar nas férias de final de ano para dar um curso para um grupo de estudantes da área próxima da *Organização*, sobre a Revolução Permanente e o programa de transição, do Trotsky, e sobre o Estado, a revolução e a impotância centralismo democrático na direção do partido revolucionário, do Lênin. E, agora, lá estava eu indo para a universidade, distribuir o jornal do DCE para os vestibulandos. O início de janeiro é mesmo uma merda e este de 78 estava pior do que os outros, com os dias sempre escuros, chovendo a toda hora, e eu odiava chuva...

Por causa do vestibular e do aguaceiro, o trânsito também estava caótico e aquilo me irritou mais ainda... Mas valia a pena, é claro, todo o sacrifício: do final de janeiro até o carnaval, eu poderia viajar e já estava planejando acampar com a Rita em Porto Seguro e no arraial de Trancoso. A lembrança do sol e da praia me animou e eu até esqueci que estava no meio de mais um engarrafamento infernal na avenida Amazonas.

Quando cheguei à Católica, Fernando e Lúcia já estavam lá. A gente tinha combinado encontrar às dez da manhã, quando os primeiros vestibulandos acabavam as provas. Calculamos que seriam necessárias umas dez pessoas para distribuir aquela quantidade de jornais, mas já eram mais de dez horas e eu era o terceiro a chegar.

Pela milésima vez, eu seria obrigado a escutar a encheção de saco do Fernando e da Lúcia, por causa do atraso e da falta de compromisso com o horário dos companheiros! Suspirei fundo, para ganhar coragem, e caminhei até onde os dois estavam, protegidos da chuva pela estreita marquise.

– Pô, camarada Marcos, como sempre tá todo mundo atrasado! Quando a panfletagem é às seis da manhã, até entendo. Mas às dez?... Vai ser foda só nós três segurarmos a barra... – reclamou Fernando, já com os cabelos e a roupa encharcados, protegendo com o corpo o maço de jornais empilhado no chão.

– É foda mesmo, companheiro desculpe o atraso, mas o pessoal já deve estar chegando. Dá mais um tempo. – falei, abrigando-me também da chuva sob a marquise.

– Tô de saco cheio com a falta de disciplina, porra! Toda panfletagem é a mesma coisa! Sempre sobra pra dois ou três! – intercedeu Lúcia, irritada e ajeitando os cabelos molhados.

Eles tinham razão quanto aos atrasos, mas a cobrança histérica de sempre era difícil de suportar. No fundo no fundo, muitos companheiros atrasam até de propósito, só para provocá-los, pensei, retomando a palavra:

– Depois da reunião, nós fomos pro espanhol da Santa Efigênia e ficamos lá até altas horas. É por isso que o pessoal está atrasado. Mas todo mundo se comprometeu a vir. Eles vão chegar daqui a pouco... – tentei contemporizar

– Não sei como vocês podem beber e fumar *baseados* todo santo dia. Isso é alienante! Compromete a seriedade de nosso movimento e prejudica a militância... – Lúcia fulminou, em tom repreensivo.

– E não deixa de ser um desvio pequeno-burguês também! – Fernando emendou.

Dei de ombros, sem paciência, disposto a não render o assunto. Não passam de uns moralistas e conservadores, ruminei, contendo-me para não devolver-lhes um esporro.

Providencialmente, a chuva parou quando os primeiros vestibulandos começaram a sair do campus. Peguei então um bolo de jornais e segui na direção deles, sozinho. Que o Fernando, que adora centralizar tudo, se encarregue de distribuir as cobranças pelos atrasos e divida as equipes para cada uma das outras portarias! Fodam-se os dois...

– Aí, gente boa! Espero que tenham se saído bem nas provas! Este aqui é o jornal do Diretório Central dos Estudantes, a entidade que representa todos os alunos da Católica. O DCE é o nosso instrumento de luta por melhores condições de ensino e contra as altas mensalidades... – gritei para um grupo de vestibulandos.

Curiosos, eles pegaram os jornais e alguns os folhearam. Mas não me deram *papo*, voltando a conversar sobre as provas. Eu então segui em frente, distribuindo mecanicamente e em silêncio os jornais para os outros vestibulandos que saiam da universidade.

– Isso é uma baita perda de tempo! Duvido que essa turma vá dar atenção à gente... – murmurei desanimado, sendo então surpreendido pela voz do Tavares.

– Falando sozinho, meu caro?... Mas esse Fernando é um saco mesmo, hein? Um neurótico; caso de pinel! Me deu o maior esporro agora, como se fosse meu patrão. Quase o mandei pra puta que o pariu! – ele esbravejou, chegando perto de mim com os olhos inchados de ressaca.

– Tô de saco cheio também... O puto questionou até termos ido ao bar do espanhol ontem à noite! Mas é preciso dar um desconto, Tavares. Alguém tem mesmo de cobrar disciplina e eu faço isso muitas vezes. Acho até que sou o único que já chegou antes do Fernando para uma panfletagem... E dei-lhe um esporro daqueles! – eu me gabei.

– Pô, mas ele não tem nenhum direito de querer mandar em todo mundo, cagar regras! Acha que todo mundo é pequeno-burguês, exceto ele e o seu pessoal! Um sectário de merda, isso que ele é! Mas o certo é que não vou mais engolir isso, Marcos. – insistiu Tavares, ainda espumando de raiva.

– Nisso eu concordo com você... – respondi, apressando-me para distribuir os jornais aos vestibulandos que agora saíam da universidade aos montes.

– Tem meninas bonitas pra caralho esse ano! Cada gata mais charmosa e gostosa que a outra! Deus do céu... – exclamou Tavares, esquecendo a pendenga com Fernando.

– É verdade! Mas você só pensa nisso, hein? – cutuquei, debochando.

– Olha quem tá falando de mim! Logo o Dom Juan da Pedagogia... – ele devolveu rindo.

– Quê isso, seu filho da puta! Assim você me compromete. Estou transando com a Rita agora. É sério! – eu respondi, encarando-o.

– Calma, bicho! Tô só brincando, Marcos. Mas que tem muitas meninas bonitas, isso tem. Prá caralho! Olha aquela moreninha ali, que tesãozinho! Vou dar uma chegada na gata! – disse Tavares, me deixando de repente.

Surpreso, eu o observei caminhar malandramente em direção à morena. Não podia ouvi-lo, mas imaginei a sua conversa mole e sedutora: *"E aí gata? Bonita e inteligente como é, garanto que tirou a prova de letra! Eu sou o Tavares, muito prazer! Conte como foi"...*

Então, corri os olhos por toda a entrada da Católica e impressionei-me também com o mar de mulheres bonitas, a maioria despojada, modelando e torneando o corpo com calças apertadas, os cabelos soltos. Vi alguns *trubufus* também, mas em minoria, e reparei que, naquele ano, havia mais mulheres do que homens fazendo as provas do vestibular. Ou era impressão minha?...

Quando me voltei na direção do Tavares, ele já estava no maior papo com a morena e uma amiga, também uma gracinha, que acabara de juntar-se aos dois...

OOO

– O vestibular não tem nada a ver! É um lixo do capitalismo selvagem! Obra do acordo MEC-USAID, feito pelos militares brasileiros em conluio com o imperialismo norte-americano, em 68. Esse acordo privilegia o tecnicismo alienante na grade curricular dos cursos... E a decoreba, pra passar no vestibular... – ouvi o Tavares discursar quando me aproximava.

– Você tem razão!... Só decoreba mesmo!... Mas o que fazer? Não tem outro jeito hoje pra gente entrar na universidade... – respondeu a morena.

Tavares concordou, balançando a cabeça e, vendo minha presença, esboçou um sorriso matreiro. E fez a maior festa:

– Este aqui é o grande companheiro Marcos, meu amigo de todas as horas! E, como eu, ele está aqui agitando a moçada que está se sacrificando nesse vestibular filho da puta!...

Com um sorriso meio tímido, olhei para as duas meninas, sem saber se estendia a mão ou se dava beijinhos para cumprimentá-las. Diante da dúvida e com aquele monte de jornais debaixo do braço, resolvi apenas saudá-las:

– Tudo joia?

– Esta é a Tânia, companheiro Marcos! Gente finíssima... – apresentou-me Tavares, apontando para a bela morena.

Então, ele olhou para a outra menina, ameaçando falar, mas ela não o esperou:

— E eu sou a Andréa, Marcos! — disse a garota, jogando para trás os seus longos cabelos louros cacheados.

Quase babei! A menina era mesmo uma perdição de beleza: alta, corpo bem formado, olhos verdes escuros, penetrantes, e uma boca extremamente sensual. Há muito tempo não via uma menina tão bonita, pensei admirado. Observando o meu encantamento, Tavares perguntou:

— Como é que você se chama mesmo, gata?

— Andréa ou Deia, como quiserem. Mas vocês ganham alguma coisa pra distribuir estes jornais? — ela perguntou curiosa, pousando-me os olhos verdes.

— Não, de modo algum, Andréa! A gente faz isso por compromisso político, com o objetivo de contribuir para a elevação da consciência dos vestibulandos. Para mostrar, também, a realidade da universidade brasileira, a sua elitização, onde só entra quem tem dinheiro! Pra nós, o país tem de garantir o ensino público e gratuito pra todos, mas não é isso o que está acontecendo, pois o governo militar só estimula o ensino pago. Pagou, passou! Então, nós queremos esclarecer a vocês, vestibulandos, por que e como isso ocorreu. É só ler o jornal... — expliquei, entregando um exemplar a cada uma.

— Isso que acontece com o ensino no Brasil é uma sacanagem premeditada, articulada pelo governo militar que está aí! O direito de entrar na universidade deveria ser de todo mundo. Mas por força do tal acordo da ditadura com o imperialismo, o ensino pago foi privilegiado e as universidades federais, elitizadas. Além disso, as federais estão à míngua, sem verbas pra nada... — bombardeou Tavares.

— Tavares, você não tem medo de falar dessas coisas, dos militares?... Acabar com o vestibular e o ensino ser gratuito para todos?... Mas como isso é possível? Onde se arrumariam escolas e vagas pra tanta gente? — perguntou Tânia, com ingenuidade.

— Que nada, gata! Ao invés de gastar rios de dinheiro com armas, com a polícia e a repressão e em obras faraônicas, como a Transamazônica, o governo deveria investir na educação e na saúde. Se fizesse isso, teria escola pra todo mundo, principalmente pros filhos dos trabalhadores. O problema é que os militares estão comprometidos é com as multinacionais, com os interesses dos grandes grupos econômicos, dos banqueiros e do imperialismo norte-americano. E será só com a derrubada dos milicos do poder que poderemos mudar a realidade e acabar com as injustiças! – vociferou Tavares.

– Pô, cara! Isso não é sonho não? Os militares são muito mais fortes... – Tânia começou a falar.

– Quê isso, gata! Com o povo consciente, unido e mobilizado, é possível mudar a correlação de forças e derrubar a ditadura militar. Afinal, os trabalhadores, que constroem este país, são a maioria! – ele respondeu, determinado.

Afissurado em ganhar politicamente a Tânia e, com certeza, em conquistá-la, Tavares não parava de falar... Vez ou outra, tentei palpitar, rendendo-me, entretanto, à sua verborragia revolucionária. Não que isso tenha me incomodado. Pelo contrário! Era como uma aula de educação política: aos poucos, vi a morena, crua no assunto, evoluir. Charmosa até no ato de tragar e soltar a fumaça do cigarro, Andréa praticamente não falou. Observava-a de soslaio, ainda impressionado com a sua beleza, quando ouvi a voz da Rita, aos gritos.

– Marcos, Tavares! Deixem de conversa mole! Deem uma força aqui, companheiros! Tem gente pra caramba saindo agora. Vem pra cá! – ela chamava.

Virei-me e a vi, atrapalhada com os jornais, ao lado da Martha, enfrentando uma multidão de vestibulandos. Embora figurando no grupo quase apenas como um espectador, lamentei ter de deixá-lo. Sobretudo, queria conhecer melhor a bela loura e fiquei parado, sem saber o que fazer. Tavares, no entanto, antecipou-se aos meus pensamentos e foi direto no assunto, perguntando:

– Gatas, que merda! O papo está ótimo, mas nós vamos ter de dar uma força pro pessoal na panfletagem. Como é que a gente faz pra se encontrar depois?

– Você pode me ligar, cara! – Tânia respondeu rápido, olhando para a amiga.

– Joia, Tânia! Então, escreve aqui no jornal o seu número de telefone que ligo depois. Não sei se dá pra ser hoje... Depois daqui temos algumas coisas para fazer no DCE. Mas te ligo pra gente combinar. – disse Tavares.

Então, despedimos das duas e fomos ao encontro da Rita e da Martha. Adrenalina a mil, mas falando baixo, Tavares já tinha tudo decidido na cabeça: ligaria pra Tânia depois do almoço e marcaria um encontro pra sexta-feira, pedindo pra ela levar a Andréa. E eu que me virasse com a Rita...

– Pô, camaradas! Nós duas aqui, enfrentando sozinhas essa avalanche de vestibulandos, e vocês no maior papo furado com aquelas meninas! Homem é foda! Sempre atrás de um rabo de saia! – Martha protestou, fulminando-nos com os olhos.

– Qualé, companheira! Anote aí: se elas passarem no vestibular, o ME terá mais duas militantes combativas este ano! – desafiou Tavares, encarando Martha.

– Deixa de baixaria, Martha! Um bom papo de formação política vale mais do que mil panfletos distribuídos. Pode ter certeza! – emendei, fitando a Rita com o olhar firme.

DOZE

Sobre as perspectivas da nova conjuntura política após o ascenso do Movimento Estudantil em 77. As greves operárias no ABC. Rita e Robertão se encontram e discutem o amor.

1978 tudo pra ser um ano diferente! A linha dura militar sofrera uma *puta* derrota no final do ano passado, com a demissão do ministro do Exército, general Sílvio Frota. E setores do próprio governo já falam até mesmo em uma anistia parcial e na permissão para a volta dos exilados, eu lembrei, enquanto caminhava pelos jardins centrais do campus da Católica.

Mas é um equívoco atribuir isso a uma estratégia do presidente Geisel e do general Golbery, da tal distensão, da abertura política, lenta, gradual e segura. O que está levando à mudança na conjuntura é a pressão da sociedade contra o regime militar. As denúncias de torturas e de assassinatos de presos políticos nos porões da repressão ganham cada vez mais repercussão, aqui e no exterior, e por todo o país surgem novos comitês de anistia...

– Apesar da repressão violenta ao III ENE, em Belo Horizonte e em São Paulo, e à greve dos estudantes da UNB, o ME saiu vitorioso em 77 e foi fundamental para essa mudança na conjuntura. Nada está saindo de graça... A tal abertura é apenas uma reação dos militares ao avanço do nosso movimento. Cedem os anéis para não perder os dedos... – murmurei convicta.

Mas os fatos mais sensacionais estavam sendo criados agora pelo Movimento Operário! Depois das greves de Osasco e de Contagem em 68, reprimidas duramente pelo governo militar, o movimento sindical entrara em descenso e o peleguismo cresceu como praga. Entretanto, com a crise mundial do petróleo em 74 e a agonia do "milagre econômico", a inflação e o arrocho salarial voltaram com toda força! E assim, cada vez mais explorada e oprimida, a massa dos trabalhadores começou a reagir, crescendo o seu descontentamento com a carestia e o arrocho salarial; e com ele as oposições sindicais...

Pólo da indústria automobilística multinacional, o ABC paulista promete ser o berço do movimento operário combativo, embora ainda muito pouco politizado, garante o pessoal da tendência *Novo Rumo*.[1] Quando estava em São Paulo na 29ª reunião da SBPC, os companheiros da *liga* relataram que chegaram a procurar o presidente do Sindicato dos Metalúrgicos de São Bernardo do Campo, para pedir apoio para o ME. Mas o presidente, que tem o apelido de um bicho do mar, Lula, não topou, alegando que a luta deles é econômica, por melhores salários e condições de trabalho; não política! Cada macaco no seu galho, ele teria dito...

Então, nem fiquei surpresa quando li na matéria de capa da revista *Istoé* que o tal Lula, na verdade Luís Inácio da Silva, tem mesmo preconceito contra os estudantes, justificando que eles serão os patrões amanhã. Mas fiquei intrigada quando li também na entrevista que ele desdenha o papel dos intelectuais, alegando que escrevem sobre coisas que não entendem, e critica até mesmo a ala progressista da Igreja Católica...

Apesar disso, a verdade é que o movimento sindical combativo está mesmo renascendo! No ABC, o sindicato está fazendo assembleias nas portas de fábrica contra o arrocho salarial, exigindo dos patrões a reposição das perdas reais da inflação, cujos índices foram manipulados e fajutados pelo governo. Os metalúrgicos querem 34% de reposição salarial e ameaçam fazer greve se suas reivindicações não forem atendidas, eu lembrei com satisfação, embora continuasse intrigada com a posição apolítica do tal Lula.

Aqui em Minas, o novo sindicalismo também está dando as caras, em uma articulação intersindical comandada pelos sindicatos dos Metalúrgicos de João Monlevade, dos Jornalistas e dos Bancários de Belo Horizonte. Na cidade industrial, é o trabalho de base dos ex-padres operários ligados à Teologia da Libertação, das Comunidades Eclesiais de Base e da turma do *Jornal dos Bairros* que está plantando as sementes! E a oposição sindical pode até ganhar dos pelegos o Sindicato dos Metalúrgicos de Contagem...

– O descontentamento dos trabalhadores com o arrocho salarial e a carestia está crescendo e a massa está perdendo o medo! Os pelegos estão se

---

[1] Uma corrente trotskista no ME da Liga Internacional dos Trabalhadores (LIT), dirigida por Nahuel Moreno.

fodendo... Como diz o Conde, a panela de pressão está mesmo chiando, na bica de estourar... – murmurei em voz alta, dando-me conta que estava falando sozinha.

Olhei pros lados, pra ver se tinha alguém por perto, mas felizmente não tinha ninguém e retomei as minhas reflexões, arquitetando a melhor forma de canalizar a disposição que vira nos calouros para participar do ME e da luta contra a ditadura. E se a gente convidasse o tal Lula pra um debate na Católica? Minhas ideias fervilhavam quando reparei que estava chegando à Direito e fui surpreendida pela voz da Lúcia:

– Rita! Precisamos de mais gente lá na Engenharia, principalmente na Engenharia. É você que está coordenando o pessoal?

– Estou chegando agora, companheira! Mas quando dividimos o pessoal ontem à noite, a maioria ia pra lá... – respondi.

– Só que não está sendo suficiente! Faltam ainda umas 40 salas de aula pra passar e, se não houver reforço...

– Tudo bem, Lúcia! Vou ver se encontro a Martha e as meninas pra irem pra lá!

– Porque a Martha e as meninas, Rita? Não vem com essa você também, de mandar as meninas pra Engenharia só porque lá a maioria é de homens. Isso é machismo, porra! – Lúcia gritou.

– Não é machismo não, companheira! Foi o que me veio à cabeça... – respondi surpresa.

– Hum... Então, tá... Acredito... – Lúcia falou, com uma pitada de ironia na voz, e deu meia volta.

OOO

O movimento era intenso no intervalo das nove, ainda mais em um dia de verão e sol forte. Com dó, reparei nos calouros que, tímidos e espantados, tentavam se esconder na longa fila do caixa e eram descobertos pelos veteranos que furavam a fila e faziam gozações e brincadeiras de mau-gosto. Aquilo era uma *sacanagem*, pensei impotente, lembrando dos meus tempos de caloura.

Apesar da insegurança, reagira com firmeza às provocações dos veteranos quando entrei na universidade em 75... E lá se vão três anos, dei-me conta estupefata, recordando que fora exatamente naquela época que eu começara a participar do ME, ao assistir a um protesto no RU...

– Perdida por aí, Rita? – Tavares saudou, em meio a um grupo de estudantes.

– Não! Tou procurando a Martha... Precisamos reforçar a Engenharia depois do intervalo... Você pode ir prá lá também? – respondi, perguntando.

– A Martha subiu pra Pedagogia com o Marcos e as meninas... A gente vai pra Psicologia... – Tavares disse, olhando pro Alexandre.

– Companheiros! Precisamos reforçar a Engenharia! É a maior escola... Vou procurar a Martha e a gente se encontra lá depois do intervalo! – eu falei com firmeza.

– Mas e a Pedagogia? – Alexandre insistiu.

– A gente cobre depois! – afirmei.

– Se você quer assim, então tá... Mas deixe eu te apresentar antes essas duas calouras, Tânia e Andréa... – Tavares aquiesceu, apontando as duas meninas que eu nem reparara direito...

– Que cabeça a minha! Desculpem...

– Rita é a nossa grande liderança... A nossa chefe maior! Ela apita e a gente segue... – Tavares gozou, lançando-me um olhar cheio de ironia.

– Chefe que nada! Quem tem cacique é índio... – retruquei surpresa.

– Será?... – devolveu Tavares.

– Deixa de bobagem, companheiro! – respondi ríspida, dando-me conta, porém, da minha *cagada* em ter mandado que eles fossem para a Engenharia daquele jeito... Mas o erro estava cometido e despedi-me com um tchau, seguindo apressada atrás da Martha.

OOO

Depois da manhã e da tarde pipocando de sala em sala, eu estava cansada e resolvi ir embora antes do primeiro intervalo da noite. Jantei com Marcos no RU, respondi a chamada da primeira aula e logo depois sai de fininho. Resolvi descer do ônibus na Savassi, pra tomar um sorvete na São Domingos, e depois iria pra casa a pé, curtindo a noite...

Quando caminhava pela Getúlio Vargas em direção à minha casa na Serra, imaginei ter visto Robertão do outro lado da Afonso Pena. Apertei os olhos e vi que era ele mesmo... Em um primeiro impulso, pensei em sair dali e despistá--lo, mas logo desisti... E, quando ele começou a atravessar a avenida, gritei:

– Companheiro! Roberto! À toa na vida, hein, batendo perna por aí... Vê se pode?

– Rita?... – ele respondeu assustado, mas apressando o passo até a calçada ao me reconhecer.

– Mas que susto, companheira! Pois é... Batendo pernas... Por incrível que pareça, eu não tinha nenhuma tarefa importante essa noite... – Robertão continuou, ao chegar perto de mim.

– Hoje foi uma barra na Católica. Passei em não sei quantas salas, chamando pras calouradas unificadas... Uma canseira... Então, resolvi matar as últimas aulas... Tem até uma reunião do MFPA, mas não vou...

– Então, estamos na mesma! Fiz a mesma coisa no campus da Federal o dia inteiro. Cheguei na república e tentei relaxar... Acabei de ler a matéria da *Istoé* sobre aquele companheiro dos metalúrgicos do ABC, o Lula, e não aguentei mais ficar preso entre quatro paredes... – ele me interrompeu. E em seguida, me convidou, de chofre:

– Vamos caminhar um pouco e tomar uma cervejinha por aí?

Então, eu vacilei... No final do ano passado, depois que Robertão deixou claro o interesse por mim, passei a correr dele como o diabo foge da cruz... Naquela época, o meu namoro com Marcos ia de vento em popa e, embora ambos defendêssemos o relacionamento livre e aberto, não achei que era hora de entrar numa aventura, ainda mais com um cara com o qual eu não tinha afinidades ideológicas...

Mas que mal haveria em tomar uma cerveja com ele, eu me perguntei. Mesmo assim, resolvi fazer *cu doce*:

– Tô cansada pra burro, Robertão... Não dá...

– Vamos lá, Rita! É uma cervejinha só, sem exemplo...

– Será?...

– Te prometo, companheira! – Robertão exclamou.

– Hum... Não sei não...

– Vamos nessa! Deixa de frescura! – ele implorou.

– Não é frescura, Robertão... Tou cansada prá caralho! Mas então... Tá bem... Mas uma cerveja só... – cedi.

– E aonde nós vamos, Rita? Alguma ideia?

– Sei lá, cara... Desde que não seja nos bares do Maleta ou na Casa de Irene e no Panorama, qualquer lugar pra mim está joia... – falei.

– Olha, tem um bar ótimo na rua da Bahia, o Chorare. Já ouviu falar?

– Já ouvi sim, mas nunca fui lá! Pode ser! – respondi e começamos a descer a Afonso Pena com ele me contando, ainda com raiva, a briga com o Fernando na Católica, que quase acabou em pancadaria...

– Foi a maior babaquice do cara, Rita! Fomos apenas dar uma força pra vocês no boicote de mensalidades... Imagine, querer nos expulsar da universidade! Fernando não passa de um sectário, que pensa que a universidade é feudo dele... – Robertão relatou.

– Também acho, mas ele é assim mesmo! Você não imagina a barra que a gente enfrenta todo dia com o Fernando no ME. – eu concordei, contemporizando.

– A questão é das eleições do DCE também, não é? – Robertão perguntou.

– Acho que sim. Estamos com boas chances de ganhar e o clima com o grupo do Fernando está ficando intragável... – respondi, mas decidida a não render aquele assunto das eleições.

OOO

Chegamos ao Chorare meia-hora depois e escolhi uma mesa de canto, escondida pela penumbra provocada pelos lustres de palhinha. O nosso encontro tinha sido do tamanho que eu queria: por acaso! Mas ao sentarmos, fiquei com *grilo* de que a minha ansiedade estivesse transparente.

Há muito tempo eu estava a fim de sair com Rita. Quando a procurei na casa dela, pensei que íamos nos encontrar em seguida, mas ela não me deu mais *bola* e passou até a me evitar... Pensei então que o nosso encontro só ocorreria se fosse casual, como estava acontecendo... Mas será que eu estava deixando transparecer o meu contentamento, dando *bandeira*?

– Você quer cerveja mesmo ou algo mais forte? – perguntei, tentando conter a minha ansiedade.

– Uma cerveja mesmo, Robertão! E sem exemplo... – Rita respondeu.

– Eu vou tomar um conhaque também, para acompanhar a cerveja! –disse, fazendo o pedido ao garçom.

Mesa servida, mergulhei de cabeça na magia do encontro, deixando-me levar desarmado, com a ansiedade se dissipando e o *papo* fluindo gostosamente. Até mesmo na política, em que divergíamos em muitas questões, a conversa rolava solta, sem sectarismos e clichês. O tempo passava sem que percebesse e, depois da política, falamos de tudo, como se gostássemos das mesmas coisas e tivéssemos opiniões parecidas. Então, resolvi perguntar-lhe sobre o seu relacionamento com Marcos:

– Estamos ótimos, Robertão! No início, nós tivemos uma fase ruim, mas agora está tudo joia! – Rita sussurrou, querendo desconversar.

– Há quanto tempo vocês estão juntos? – insisti.

– Quase um ano... Começamos a namorar mesmo depois do III ENE...

– Nossa, pensei que era menos tempo... Mas todo relacionamento tem mesmo os seus altos e baixos... – opinei.

– Realmente... Mas a fase dos baixos é um saco... – ela disse, incomodada, olhando o relógio.

– É a dialética das relações... Além disso, a gente convive com muitas pessoas e sempre pintam novas atrações, que não esperamos! – insinuei, mirando no fundo dos olhos de Rita.

– Pinta mesmo, Robertão... – ela admitiu pensativa agora, sem tirar os olhos dos meus.

– Entre centenas de pessoas, tem sempre alguém que nos desperta mais atração. Bate uma curiosidade que a gente não tem como reprimir, apenas deixar rolar... Deixar acontecer, Rita!...

– Concordo. Mas essa é sempre uma situação delicada, principalmente quando você está envolvida com alguém, como é o meu caso... E para nós, mulheres, é mais difícil ainda. Eu acredito no relacionamento aberto, mas sei que, na prática, a teoria é outra... – Rita falou.

– Sem dúvida! Mas temos de ver isso com toda naturalidade. Se pinta uma atração, não adianta resistir. O caminho é o de quebrar as amarras e superar a auto-repressão... O arrependimento por não ter vivido e experimentado é pior! – afirmei categórico.

– Mas entre a teoria e a prática há uma enorme distância!

– Sim, mas tem sempre o primeiro passo, você não acha? A vida que flui é da arte da experiência, já dizia Marx... – argumentei.

– Humm!...

– Veja, Rita! Há muito tempo você me atrai! Te acho uma pessoa incrível e sempre tive vontade de me aproximar, te conhecer melhor... Então, porque não permitir sentir isso? Só porque você tem namorado? É claro que há o risco da frustração, se o sentimento não for mútuo... – resolvi atacar de chofre.

– É...

– Me diga, Rita! Pintou pelo menos um pouquinho de atração por mim também? – eu continuei.

– Você é um cara atraente, Robertão... Mas não sei definir o que pintou exatamente... – ela admitiu, olhando as horas novamente.

Sem dar tempo para que ela respirasse, insisti:

– Pintou?... No passado?...

– Acho... que não... – ela gaguejou.

– Ainda bem! – exclamei, prosseguindo:

– Ótimo ter pintado essa oportunidade de discutirmos isso hoje, num encontro por acaso! Ficava puto em te ver e não poder me aproximar...

– É, Roberto, mas entenda que isso é muito difícil pra mim! Estou numa boa com o Marcos! Gosto demais dele e a nossa relação é muito construtiva, cada vez mais importante... – Rita recuou, se ajeitando na cadeira.

– A atração acontece independente de você estar namorando com alguém. Sendo assim, Rita, o quê há de mal em sentir-se atraído por outra pessoa? Acredito que é um processo inevitável e natural! Qual o problema? É a lei da vida...

– O problema é saber se você está realmente a fim disso, Roberto! Posso ter atração por uma determinada pessoa e, ao mesmo tempo, não estar disponível naquele momento, até por achar que a hora não é aquela. É uma questão de disponibilidade também!

– Não entendo... Se a atração é mútua, porque não experimentar? – perguntei.

– Uai, depende do momento! De disponibilidade... – ela rebateu.

– Então, Rita, o que você está querendo dizer é que, aqui e agora, não é o nosso momento? – questionei.

– Topei sair com você e estamos aqui! Já bebemos não sei quantas cervejas, embora eu tivesse dito que seria só uma... Isso não é um momento,

Roberto? – ela disse, surpreendendo-me com a firmeza da resposta.
– Acho que sim... Mas sinto que você está um pouco tensa...
– Claro que estou! O que é natural, por tudo que conversamos até agora. Mas também não acho que as coisas têm de acontecer de uma vez só...
– Porque não? Essa coisa metódica, primeiro isso, depois aquilo, é do tempo dos nossos avós. Parece até conversa de reformista do partidão... – falei, retomando a ofensiva.

Então, tomei coragem e dei-lhe um beijo na boca! E, pra minha surpresa, Rita não recuou e, eletrizado pela ousadia, continuei, acariciando as suas mãos, o pescoço e os cabelos. O seu perfume doce, com gosto de mel, envolveu-me totalmente, fazendo o desejo transbordar...

– Gosto muito de você, Rita! – eu sussurrei em seu ouvido, afastando-me lentamente.
– Pois é... Mas será esse um bom momento? – ela perguntou, mas sem se afastar.

Ficamos então conversando de mãos dadas pelo resto da noite. A curiosidade e o fascínio, regados a cervejas e conhaques, tornavam-me eloquente e cada vez mais audaz; como se tudo fosse possível naquele momento, ao mesmo tempo breve e eterno! Eu sentia, ou queria sentir, que se avizinhava uma louca paixão, carregada de desejos a cada nova descoberta de nossas mãos e a cada novo beijo.

Quando ela olhou o relógio outra vez, chamei o garçom. Então, rachamos a conta e, mal chegando à porta do Chorare, eu parei para abraçá-la e beijá-la novamente. Em seguida, perguntei:
– Vamos pra minha casa, Rita? Estou sozinho na república...

ABAIXO
A DITADURA!

TREZE

Sobre estratégias para despistar a polícia e realizar a primeira passeata em BH depois de 68. Divergências políticas ameaçam o relacionamento de Suely e Robertão.

O esquema para a realização da passeata do dia nacional de protesto convocado pela Comissão Nacional Pró-UNE teria de ser infalível, sobretudo por que seria a primeira manifestação de rua que a gente realizaria em BH depois de 68. Nas manifestações de 77, nós até sonhamos em levar a massa estudantil às ruas, como acontecera em São Paulo, quando milhares de estudantes ocuparam o Viaduto do Chá. Naquela época, também bolamos planos para sairmos às ruas em Belo Horizonte, mas a polícia proibiu a entrada e a saída dos estudantes da Faculdade de Medicina no dia nacional de lutas contra as prisões arbitrárias e tivemos de abortar a passeata...

Depois, houve a violenta repressão ao III ENE... E era exatamente por isso que eu estava *grilada*: nós não tivemos ainda nenhuma experiência em confrontos de rua com a repressão, avaliei preocupada, enquanto tentava desenhar o melhor roteiro para a passeata sobre um mapa do centro da cidade.

Mas, se nas jornadas de 77 não havia consenso sobre conquistar as ruas, o fato positivo agora era que havia um elevado grau de coesão das lideranças – apesar das divergências sobre o estágio atual da luta democrática e revolucionária – de que o momento era mais do que propício para o ME ganhar as ruas de BH. Todas as tendências – até mesmo o pessoal da *Unidade*,[1] sempre moderado – fechavam nessa avaliação; algo que nunca tinha visto em toda a minha história de militância política...

---

1   Tendência estudantil do PCB.

E a convergência de posições tinha raízes mais do que sólidas, analisei. A partir das mobilizações estudantis de 77, abriram-se as comportas da luta contra a opressão e a ditadura militar, crescendo a campanha pela anistia, que culminaria na fundação do Comitê Brasileiro pela Anistia, o CBA. Com isso, a luta democrática alcançaria um novo patamar de mobilização da sociedade, fortalecendo as oposições reunidas no MDB e as organizações de esquerda e desgastando ainda mais o governo militar.

– E imaginar que há menos de um ano a palavra de ordem abaixo a ditadura era um tabu... – lembrei estupefata, tirando o chapéu pra *Libelu*: a primeira tendência a levantar a bandeira.

Mas o desgaste da ditadura não era só consequência do crescimento da luta democrática, reconheci. No plano econômico, ele estava se acentuando com as campanhas salariais no ABC paulista contra o arrocho, exigindo dos patrões a reposição das perdas da inflação fajutada e melhores condições de trabalho. Os relatos dos companheiros de São Paulo apontavam, inclusive, que não estavam descartadas deflagrações de greves em maio, se as reivindicações dos trabalhadores não forem atendidas pelos patrões...

Embora o movimento do ABC fosse economicista e o presidente do Sindicato dos Metalúrgicos de São Bernardo contra o envolvimento da massa operária com a política, as campanhas salariais estavam alterando profundamente a correlação de forças, refleti animada. E caberia, então, aos estudantes a tarefa de levar pras ruas a luta política, ampliando o desgaste do regime militar e fortalecendo os candidatos populares da oposição nas eleições de novembro de 78.

Portanto, as condições estavam mais do que maduras para que o ME saísse às ruas no dia 28 de março, dia nacional de protesto pelos dez anos do assassinato do estudante secundarista Edson Luis, no Restaurante Calabouço, no Rio de Janeiro. Como aprovado na resolução do III ENE de São Paulo, o dia de protesto lembraria também os assassinatos pela ditadura dos companheiros Honestino Guimarães e Alexandre Vannucchi Leme. E em Belo Horizonte, nós prestaríamos um tributo à memória do nosso colega da UFMG José Carlos da Mata Machado, arrastado pelas ruas, amarrado a um Jeep do Exército, e brutalmente assassinado pelos militares em 73.

– Por tudo isso, a primeira passeata depois de 68 em BH tem de dar certo... – murmurei, com um frio na barriga.

OOO

Debruçada sobre o mapa da cidade e com a cabeça fervilhando, em vão tentava traçar qual seria o melhor plano para a passeata e fiquei *puta* ao lembrar que Fernando deveria estar ali comigo, como havia sido decidido. De repente, suspeitei que o atraso fosse proposital, que ele estava boicotando, pois o seu grupo havia sido contra o eixo das liberdades democráticas. Instintivamente, deixei de lado o mapa e reli o manifesto "Luto é luta" que distribuiríamos à população no dia nacional de protesto:

> *Nesse luto começa a nossa luta, gritavam cem mil estudantes em 68. Hoje fazemos nossas as suas bandeiras, continuando na luta com a firme certeza de que não há mal que nunca se acabe, nem ditadura que nunca termine. Quatorze anos. Muitos mortos já se foram e é cada vez mais sufocante a continuidade do arbítrio, da tortura, da fome. Há dez anos atrás, Edson Luis é assassinado no Rio com um tiro no peito, manchando de sangue a luta contra essa mesma ditadura. Depois de Edson, muitos vieram: Alexandre Vannucchi Leme, José Carlos da Matta Machado, João Batista Drumond e outros tantos que ofereceram suas vidas pela construção de um Brasil justo, igualitário e transformado. E ainda hoje a repressão não parou. No Rio, diversos estudantes são presos e acusados de "subversão". No Paraná, mais prisões. Aqui em Minas, dois estudantes latino-americanos estão ameaçados de deportação. Por isso, nós, estudantes, neste Dia Nacional de Luta, lutamos. Para fazer valer nossa voz, para nos fazer ouvir. Os mortos são a nossa história, a nossa memória e nos dão força para continuar.*

A leitura me arrepiou inteira e mais uma vez fiquei aboboda por nós termos conseguido aprovar um manifesto comum, de todas as tendências, e com propostas tão claras e avançadas: *"Pela permanência dos colegas estrangeiros no Brasil. Pela anistia ampla, geral e irrestrita. Abaixo a ditadura. Pela Assembleia Constituinte Livre, Democrática e Soberana".*

Sem dúvida, aquele manifesto era uma *puta* vitória, pensei, lembrando como fora difícil vencer as resistências, sobretudo do grupo do Fernando. Entretanto, no caso da convocação explícita para uma passeata, não houve acordo. A Lúcia bateu o pé contra escrever a palavra passeata nos cartazes e panfletos, argumentando que isso seria entregar o ouro ao bandido, à repressão!

Aí, eu preferi fingir que concordava, mas passei as duas últimas noites fazendo cartazes e imprimindo boletins no mimeógrafo, em que destaquei, em letras garrafais: "Todos à Passeata!" Na madrugada, conseguimos também pichar vários muros da cidade com esses dizeres...

E eu tinha certeza de que Lúcia não tinha razão! Afinal, nós estávamos carecas de saber que, mesmo que não usássemos a palavra passeata, a polícia saberia que essa era a intenção, por meio dos seus dedos-duros infiltrados no ME. Além disso, à medida que mostrássemos a cara, assumindo a convocação da passeata, polarizaríamos a sociedade em nosso apoio e mostraríamos força e disposição de luta, desmascarando antecipadamente a repressão!

O nosso desafio, portanto, estava no esquema de segurança, já que certamente a praça Afonso Arinos, em frente à Faculdade de Direito, estaria completamente cercada pelo aparato policial no início da tarde do dia 28. Assim, a nossa primeira orientação deveria ser a de convocar os estudantes de vanguarda para chegarem à faculdade logo depois do almoço. Além disso, teríamos de bolar uma estratégia para confundir a repressão, cujo principal contingente, sem dúvida, ficaria escondido no Parque Municipal. No mínimo, teríamos que formar grupos em locais distintos, de onde partiriam pequenas passeatas, que convergiriam para a praça Sete, de onde marcharíamos pela Afonso Pena...

O ato, propriamente, deveria começar às cinco horas da tarde, no máximo, para terminar impreterivelmente às seis, quando os comerciários e bancários saem do trabalho e, então, poderiam aderir à passeata... Imersa naqueles planos, surpreendi-me com Fernando entrando pela porta da sala do DCE da Guajajaras. E fui logo falando:

– Enquanto você não chegava, pensei o seguinte: vamos montar um esquema de panfletagem, depois do almoço, nos principais pontos do centro! A partir da uma da tarde, a orientação deve ser para que a vanguarda se dirija para a praça Afonso Arinos, onde o som já vai estar agitando. Entre as cinco e as seis horas, realizamos o ato público...

– Hum... Não dá, camarada Suely, é muito pouco tempo pro ato... – ele ponderou, sentando-se na cadeira e se acotovelando sobre a mesa.

– Mas, se demorar mais do que isso, nós perdemos o movimento dos trabalhadores no centro da cidade... – eu argumentei.

– É!... Pensando bem, acho que você tem razão, Suely! Talvez a alternativa seja começarmos a manifestação um pouco mais cedo do que às cinco, terminando as seis. – ele propôs.

– Mas, mais cedo vai ter pouca gente, Fernando...

– Acho que não! Mas de qualquer modo não tem problema, Suely! A gente coloca pra falar primeiro as entidades menos representativas... – ele disse.

– Pode ser... O que não podemos é comprometer a passeata... – concordei.

– E o que mais você planejou, Suely? – ele perguntou, olhando para o mapa.

– Pensei o seguinte: nós temos de criar no mínimo três focos antes da passeata, para confundir a repressão! Uma concentração na Timbiras com Álvares Cabral, depois do Sindicato dos Jornalistas; outra na Bahia com Goiás, perto do jornal *Estado de Minas*; e outra, por fim, na esquina da Rio de Janeiro com a Tupis, atrás da Igreja São José. Depois das falações na Direito, nos dividimos e conduzimos a massa pra esses locais. – eu expus, virando-me pra ele que, apreensivo, olhava para o mapa no qual eu fizera as minhas anotações.

Fernando então se encostou à cadeira, alisando a barba. Ficamos por alguns segundos calados, até que ele opinou:

– Parece que o esquema está legal, mas vai depender de amanhã! Temos de montar uma puta estrutura de agitação e organização durante todo o dia, começando bem cedo, nas portarias das universidades. Precisamos de muita gente! Sem a massa, vamos dançar...

– Isso é mais do claro, companheiro! – interrompi.

– Sei que é claro, Suely! Só estou reforçando... Mas é preciso ter um ponto de confluência pra todo mundo, principalmente pensando naqueles que estiverem no ato na Direito... – ele lembrou.

– É óbvio! Esqueci de te falar... Esse ponto de confluência tem de ser na área de maior movimentação, na praça Sete! – falei.

– Acho melhor na avenida Paraná...

– Fora de questão, Fernando! A avenida Paraná é muito longe! Além do mais, na praça Sete, temos várias alternativas de fuga, como para as faculdades de Economia e de Engenharia... – defendi.

– Hum... Talvez, Suely!... – titubeou Fernando.

– É lógico que a região da praça Sete é a melhor, companheiro! Dá saída pra todos os lados! – insisti firme.

– Proponho que deixemos isso em aberto, Suely! Decidimos o melhor lugar com todo o pessoal na reunião das entidades hoje à noite! – ele sugeriu e eu concordei, resignada.

OOO

Depois de resolver outras questões no DCE, segui para o campus da Medicina, onde iria jantar com o Robertão no Restaurante Universitário. Então, segui pela Guajajaras até a avenida Afonso Pena e quase desbundei ao deparar com a beleza do entardecer sobre a Serra do Curral, iluminada pelo sol que se punha em contraste ao azul-escuro que a noite trazia. Caminhei vagarosamente até o campus e lá chegando, sentei no primeiro banco que vi, debaixo de um dos frondosos fícus; e acendi um cigarro. Precisava pensar com calma sobre o meu lance com Roberto, mas era um saco ter de conversar sobre isso naquele momento! Havia tentado adiar a nossa conversa, mas ele não topou e marcou aquele encontro, um dia antes da passeata!

Realmente, o nosso relacionamento era mesmo muito doido! Todo mundo sabia que tínhamos um caso, mas fizemos um pacto mudo, sem nunca termos combinado, de não nos deixar dominar pelo nosso envolvimento. Sei lá há quanto tempo transávamos daquela forma – talvez uns dois anos – e, pelo menos eu, estava satisfeita com isso. Afinal, mantivera toda a minha liberdade, pois essa de ser namorada de alguém sempre me afligiu, me sufocou...

Pra mim, estava tudo bem daquele jeito, que continuasse assim, pensei. Mas era obrigada a reconhecer que, para ele, já não era a mesma coisa. De repente, Roberto começou a querer saber até onde eu ia quando não estava com ele! No início, levei numa boa e até gozava o seu machismo. Ele sorria meio amarelo, recuava uns dias, mas quando eu me surpreendia lá estava ele outra vez me perguntando...

As coisas começaram a ficar difíceis mesmo quando nossas divergências políticas se aprofundaram, depois do III ENE em São Paulo. Durante muito tempo, nossa história política havia se confundido. Embora tenhamos optado por organizações de esquerda diferentes, nós atuamos juntos na reorganização das entidades estudantis e nos dedicamos à articulação do jornal *Movimento*...

Com uma ponta de saudade, lembrei que nossa identidade política sobreviveu durante as reuniões que antecederam o racha do *Movimento* e, a partir daí, nos envolvemos juntos na criação do *Em Tempo*. Porém, as diferenças entre nós foram aos poucos se aprofundando, chegando ao rompimento na discussão sobre a relação entre o fim da ditadura e o Socialismo, sobre partidos revolucionários e Centralismo Democrático. E, para piorar, veio aquele ciúme inexplicável...

Apesar de tudo, eu ainda gostava dele! Mas, diante de suas atitudes possessivas, a alternativa que encontrei foi a de deixar a coisa rolar em *banho-maria*, na tentativa de preservar o que ainda havia de bom na nossa relação. Até admito hoje que tenhamos um relacionamento mais público, desde que não implique em um compromisso de namoro nos moldes tradicionais. Caretice, nem pensar! Porém, nem mesmo isso Roberto vai topar, eu refleti, convicta de que ele procurava uma relação mais definida, embora não admitisse racionalmente.

– A merda é que os homens são sempre assim: falam uma coisa, mas querem outra...

A antipatia esvaiu-se em segundos, quando imaginei que poderia perdê-lo. Roberto era um cara único! E o que mais eu admirava nele era a sua capacidade de ouvir, refletir e fazer autocrítica, embora fosse difícil fazê-lo mudar de posição em algumas questões, como a tal articulação dos independentes que ele estava propondo... Fora a sua cabeça-dura na política, nas questões pessoais eu conhecia poucos homens que davam o braço a torcer como ele... E creio que era por isso, que eu ainda suportava o seu ciúme, suspirei, deixando-me dominar pelo sentimento gostoso da saudade.

Na balança, pesavam naquele momento, porém, apenas duas alternativas: a dele ou a minha! Ambas eram intensamente fortes e contraditórias. Se pudéssemos continuar como no início, apenas nos curtindo, sem amarras, tudo bem! Porém, isso parecia impossível agora, apesar de resistir ainda, no fundo de meu coração, uma vaga esperança de que Roberto aceitasse que o nosso relacionamento continuasse como sempre fora ou talvez até um pouco mais *careta*. Com certeza, essa esperança era apenas a expressão do medo de perdê-lo, já que os fatos, desde o início do ano, indicavam para a nossa separação, constatei.

Mas ter de pensar sobre isso agora me cansava profundamente, sobretudo em um momento em que meus esforços deveriam estar concentrados nos problemas políticos e da organização da luta contra a ditadura! Coisas infinitamente mais importantes do que o futuro do nosso relacionamento, pensei, olhando o relógio e dando conta de que Roberto já devia estar me esperando no RU. E a perspectiva do encontro caiu como uma bomba na minha cabeça outra vez!

Depois de jantar teríamos, eu e ele, de enfrentar uma reunião final de organização do ato público e da passeata, mas pelo menos isso me animaria após um *papo-cabeça* que prometia ser difícil...

– Ainda bem que temos essa reunião depois e uma madrugada em frente ao mimeógrafo. – murmurei, levantando-me de um salto e seguindo para o encontro com Roberto no Restaurante Universitário.

QUATORZE

Sobre fumar um baseado no bosque antes da agitação da massa estudantil nas cantinas para o ato público e a passeata. Andréa e Alexandre são flagrados e expulsos pelo segurança.

Iria àquela passeata custasse o que custasse! Mas nem bem havia sentado à mesa para o café da manhã, o *jacaré* do papai já estava lá, *aporrinhando*, dizendo que era perigoso e que me proibia de ir à manifestação na Faculdade de Direito. Ela é ilegal, ele me disse, mostrando o jornal...

— Prá você não achar que estou exagerando, vou ler, Andréa...

— Não precisa, pai! – resmunguei, mas ele fingiu não ouvir. E começou a ler:

O secretário de Estado de Segurança Pública vem trazer à população da capital a sua palavra quanto aos acontecimentos que deverão ocorrer hoje, provavelmente na área central da cidade, envolvendo movimentos de agitadores que pretendem, infiltrados na massa estudantil, tumultuar a ordem pública. Assim, apela-se aos senhores pais e à população em geral que orientem seus filhos a respeito. Não se permitirá qualquer manifestação de rua, assim entendida como comícios, passeatas e outras que possam tumultuar a rotina da cidade...

— Hum... Hum...

— Pelo seu bem, é por isso que te proíbo de ir ao centro hoje, Andréa! – papai falou, carregando a gravidade no tom de voz, para me intimidar.

Puta da vida, não dei bola, tomando o café às pressas, sem responder às provocações. Mas, no final, o meu sangue ferveu e reagi indignada. Disse a ele que eu já era maior de idade, universitária, dona do meu nariz, e que iria à manifestação de qualquer jeito, que não a perderia por nada deste mundo! Enfurecido, mas impotente, ele teve de resignar-se em vociferar e protestar...

Era uma bosta ter de continuar vivendo naquela casa, com aquela família reacionária, cheirando a mofo. Meus amigos diziam que eu era radical demais, que tinha de ter jogo de cintura, dissimular e outras bobagens mais! Mas eles só falavam isso por que não conheciam a minha família, pensei, indiferente aos apelos de papai que, agora, depois do acesso de raiva, tentava me persuadir com os argumentos mais ridículos: que a manifestação era coisa de comunista; que não podia deixar me levar pela pregação subversiva; que tinha de ter personalidade própria; e outras lorotas mais! Só faltou ele dizer que comunista come criancinhas, mas como ele deve ter se lembrado que é filho de judeu e os nazistas diziam isso dos seus ascendentes, ele recuou.

Então, resolvi que nada mais estragaria o meu dia e fugi pela porta da cozinha, dando, propositadamente, um tchau apenas para a empregada. Na escada do prédio, eu ainda pude ouvir a mamãe choramingando...

– Foda-se!... – murmurei, sem disfarçar um sorriso irônico nos lábios, ao pensar em como mamãe falaria para as suas amigas que a sua filhinha mais velha estava na rua à tarde, participando de uma passeata! Pensando bem, ela não contaria... Preferiria morrer de angústia e em silêncio, eu tive certeza.

Quando cheguei ao campus, a agitação era enorme! Nos portões, Marcos, Rita, Tavares e Martha e um bando de militantes distribuíam panfletos a todos os alunos que desciam dos ônibus. Com o megafone na mão, Fernando, por sua vez, descia o pau na ditadura e convocava os estudantes para a manifestação à tarde. Não consegui conter a adrenalina, vindo à minha mente o pensamento de que, pelo menos por causa disso, a bosta da universidade valia alguma coisa. Ainda bem que havia passado no vestibular...

Mal desci do ônibus, peguei um maço de boletins nas mãos do Marcos e desabafei:

– Pô, Marcos! Aguentei a maior encheção de saco dos meus pais por causa da passeata! Acredita que o jacaré falou que estou sendo doutrinada pelos comunistas e subversivos?

– Toda família burguesa é assim mesmo, Andréa... – concordou Marcos, lacônico.

– Sua família é assim também? – eu perguntei.

– Não chega a tanto, Andréa. Além do mais, meus pais não moram em BH... Pouco sabem do que faço... – ele respondeu, dando sinais de que não estava querendo continuar o papo.

– Bicho, você está com algum problema, Marcos? – reagi de cara.

– Não, Andréa! Estou preocupado com o pessoal que está descendo dos ônibus! É muita gente! Não podemos perder a concentração... Conversamos depois... – disse Marcos, prosseguindo a panfletagem sem dar bola pra mim.

Fiquei ao lado dele, sem falar, distribuindo os panfletos até quase sete e meia da manhã, *puta* da vida por nossa conversa não ter rendido. E eu só queria desabafar! Para mim, aquele *papo* de que era só preocupação com a panfletagem não colava, pois podíamos muito bem fazer as duas coisas ao mesmo tempo. Além do mais, desde que nos conhecemos, na época do vestibular, ele sempre me tratava com atenção. É claro que eu também correspondia, mas acabou não rolando nada entre nós além disso, com certeza por causa do seu namoro com a Rita. Aquela elitista de nariz empinado era realmente *foda* e não desgrudava dele, pensei, vendo-a substituir o Fernando ao megafone.

De repente, vi o Alexandre, com os olhos inchados, descer de um ônibus e vir pra onde estávamos. Com a bolsa a tiracolo e o tênis conga de sempre, que caminhavam sozinhos, calça e camiseta amarrotadas, o cabelo todo desgrenhado, tava na cara que ele tinha dormido de roupa! Mal esperei ele chegar perto de mim e falei, em tom de gozação:

– Que noite, hein Alex?

– Pô! Fumei todos e bebi todas! E terminei a noite na casa de uma coroa que nunca tinha visto mais gorda! Acordei às seis da manhã com a cama cheia de gatos. Sai correndo, fugido, sem despedir... – ele confidenciou com a voz rouca, como se fossem aquelas as suas primeiras palavras naquele dia.

– Como é que é? Uma cama cheia de gatos? – perguntei, contendo o riso.

– Isso mesmo, bicho! A coroa, que é professora da UFMG, me chamou pra fumar um no apartamento dela no Sion. Acabei ficando por lá e dei com os gatos dormindo com a gente quando acordei... Vê se pode?

– Que loucura, cara! – falei.

– Pois é, bicho! Mas não rolou nada, acho! Quando acordei, estava vestido. Só peguei a bolsa e calcei o tênis...

– Hum... Hum... Acredito! – exclamei com ironia.

– Juro, Andréa! – Alexandre respondeu bravo.

– Você tinha de ter me chamado pra esse embalo! – protestei.

– Mas te liguei ontem... Sua mãe não deu o recado?

– Não! Aquela veada deu pra mentir pra mim! Ontem eu nem saí de casa... – bufei, agora com mais raiva ainda dos meus pais.

– Quê isso, Andréa! Fala baixo, companheira! – intrometeu-se Marcos.

– Ela é uma veada mesmo! Além de me encher o saco, deu também pra mentir! Juro que vou...

Marcos deu de ombros e nem esperou que terminasse de falar, saindo em direção ao portão, onde estavam a Rita, a Martha e um bolo de estudantes. *Puta* outra vez com ele, reparei então que Fernando, Tavares e Tânia já não estavam mais lá; provavelmente tinham subido pro DCE, pra preparar o esquema de agitação e comícios nas cantinas, durante o intervalo. Logo depois, vi que Marcos e as meninas também subiram, mas eu, sem saco para ir atrás, insisti com o Alexandre pra que fôssemos ao bosque, fumar um...

Naquela hora não devia ter ninguém lá e eu tinha uma pequena *beata* dentro da bolsa. Podíamos fumá-la, enquanto esperávamos o horário do intervalo.

E não foi difícil convencê-lo...

OOO

Eu havia descoberto um pequeno buraco na tela da cerca que dava pro bosque atrás do RU e quase todo dia dava uma chegada lá, na hora do intervalo. O bosque era realmente incrível – um verdadeiro pulmão verde ao lado dos prédios da universidade, que mais pareciam os de um hospital... Tinha até um pequeno lago artificial, onde o reitor criava tilápias, diziam. O inconveniente é que sempre tinha o risco de trombar com um vigia, mas, pra minha sorte, nunca havia visto um nos horários de intervalo!

Passamos pelo buraco da cerca e seguimos pela trilha que levava até o lago, onde eu e o Alex sentamos sob uma árvore frondosa, já minha conhecida. Os raios de sol davam àquela manhã uma cor toda especial, prateada, ao cair sobre a água e já não me importavam mais a briga com os meus pais e a raiva pelo descaso do Marcos na panfletagem. Aquele cara, de fato, me atraía, eu pensei, enquanto acendia a beata. Mas fôda-se. Afinal, ele é quem está perdendo...

Alexandre, calado, parecia recuperar-se da ressaca, mas nem bem dei o primeiro trago e ele já me estendeu a mão, insistentemente. Eu não resisti, protestando:

— Peraí, cara! Deixa de ser *dragão*! Nem dei um tapa direito ainda...

— Qualé, Andréa... — ele retrucou.

— Calma, bicho! Só mais um e te dou... — respondi, passando segundos depois a *beata* pra ele que, de tão pequena, queimara os meus dedos.

Fumamos a *beata* na caixa de fósforos, até a última tragada e, aos poucos, aquele zumbido suave começou a soar, anunciando a doideira e contagiando a minha mente com a gostosa sensação de relaxamento! Alexandre tinha ficado mais *panguá* ainda depois de fumar a *beata*, mas depois, recuperando a voz e a vivacidade, contava-me, alegre, a gandaia da noite anterior. No Maleta, ele havia encontrado com o Tavares, a Tânia e a Martha. Tomaram todas, conversando sobre a passeata, quando já quase uma da madrugada ele deparou com a coroa saindo do banheiro.

— Já meio alto, puxei conversa e ela logo me convidou pra ir pra casa dela... Nem pestanejei. Estava puto com a Martha, que me deu um esporro fodido quando a convidei para fumar um... Imagine que ela disse que a maconha é alienação, introduzida nas universidades pela polícia para canalizar a revolta da juventude contra o imperialismo norte-americano pro movimento hippie... Martha parecia aquela tal da Lúcia; a bruxa reformista que diz que o Maio de 68 na França não passou de uma porra-louquice esquerdista! — ele contou revoltado, fazendo-me rir.

— Emburrada daquele jeito, a Lúcia não deve nem trepar direito... E, se trepar, trepa é de pijama de flanela... Faça calor ou faça frio... — falei, rindo ainda mais alto.

Confesso que não conhecia a Lúcia pra sacaneá-la daquele jeito, mas, se todo mundo do ME criticava a sua *caretice*, por que eu também não poderia, pensei. E, conversando e rindo, nós continuamos sentados descontraídos sob a árvore, quando ouvimos gritos:

— Vocês não podem ficar aqui! A entrada é proibida. Não leram as placas?

Virando-me pra trás, vi um babaca de um segurança franzino caminhar em nossa direção, desajeitado, com um uniforme ridículo! O susto durou pouco e eu não consegui conter o riso, ao reparar que, na farda que ele usava, caberiam pelo menos mais uns dois. Sentado do meu lado, Alex me cutucou, apavorado.

– Do que você está rindo, menina? – esbravejou o segurança.

– Bobagem dela, seu guarda!... Ela tá rindo é de uma piada boba que acabei de contar... Desculpe! Não vimos as placas... Mas já estávamos mesmo de saída... Não se preocupe... – antecipou-se Alexandre, levantando-se de um pulo.

– Como não viram? Tem placa pra todos os lados! E o que é que vocês estão achando? Não é simplesmente estamos saindo! Vocês dois estudam na universidade? Qual o nome de vocês? – ele perguntou nervoso, empinando o peito franzino.

– É claro, seu guarda. Estudamos na Católica sim! – eu respondi.

– Então me deem os nomes! Preciso passá-los para o chefe da segurança! Vocês não podiam entrar aqui! Por onde entraram? – ele intimou, tirando do bolso da calça uma caderneta.

– O portão estava aberto e não tinha ninguém, seu guarda... Eu me chamo... Francisca da Silva e ele... João Fernandes de Oliveira... Quer que eu repita? – menti com firmeza, fitando-o.

Com gestos teatrais, levantei-me devagar, limpando as calças com as mãos, enquanto o guardinha procurava uma caneta no bolso da camisa. Imediatamente, abri a minha bolsa, peguei uma caneta e ofereci a ele. Depois de vacilar por alguns segundos, ele a pegou e eu quase perguntei se ele queria que eu escrevesse também, mas desisti ao observar o desespero no olhar do Alexandre.

Depois de anotar os nossos nomes, que eu repeti duas vezes, o vigia nos conduziu por uma trilha até o portão do bosque e nos deixou sair, não sem antes passar uma nova descompostura por estarmos ali. Humildes, aquiescemos e caminhamos vagarosamente pelo estacionamento até o prédio da Economia, enquanto Alex alugava os meus ouvidos em tom repreensivo:

– É sacanagem o que você fez, Andréa! Dando nomes falsos e o pior, da escrava Chica da Silva e do contratador de diamantes... Gozou o vigia na cara, coitado! Por pouco não fomos parar no chefe da segurança! Toda vez que você fica doida, dá nisso. Controle-se, bicho!

– Que bobagem é essa, Alexandre! Sai prá lá, jacaré! Você queria que eu desse os nossos nomes verdadeiros? – retruquei.

– Sim, deveria ter dado, Andréa! O que de mais poderia acontecer? E se você tivesse deixado a bola comigo, com certeza o guarda não teria nem pedido os nossos nomes...

– E daí? Não dei mesmo... – eu respondi, dando de ombros.

– Mas mentiu! E isso pode trazer problemas pro coitado, quando descobrirem que os nomes são falsos! A sorte é que ele não pediu nossos documentos... – ele respondeu.

– Deixa de ser chato, Alex! Assim, você tá cortando o meu barato, porra! Já até fiquei careta outra vez! Que merda... Aliás, dei os nomes porque reparei que o vigia bobeou e não pediu as carteiras... Saquei que ele é novato...

– Cara, é que fiquei com dó do guardinha... – murmurou Alex.

– Foda-se, veado! E não me venha tentar me deixar de consciência pesada! Isso não vai dar em nada! Garanto que o vigia nem vai falar pro chefe dele. Quanto você quer apostar, Alexandre? 50 gramas de maconha? – desafiei, caminhando em direção à cantina.

LUTO
É LUTA!

QUINZE

Sobre a repressão se antecipar à primeira passeata depois de 68. Marcos é preso. O plano alternativo da Suely para a passeata dá certo. Rita e Conde se escondem da polícia em um bar.

Não eram ainda três horas da tarde e o centro de Belo Horizonte já ensaiava tornar-se outra praça de guerra, como durante o III ENE! Em algumas esquinas, vi grupos de soldados fortemente armados e em outras viaturas estacionadas. Soldados a cavalo também desfilavam pelo centro e imaginei que os caminhões da tropa de choque deveriam estar estacionados no Parque Municipal, aguardando apenas o comando para entrar em ação.

Guardas de trânsito restringiam o tráfego de carros e ônibus em algumas vias e os engarrafamentos começavam a tumultuar o centro. Irritados, os motoristas xingavam e buzinavam impotentes, aumentando a confusão naquela tarde de quinta-feira, 28 de março. Um verdadeiro e maravilhoso inferno, eu pensei, observando que até a poluição parecia maior, pairando cinzenta sobre o asfalto, os edifícios e tornando o calor insuportável...

Apressado, eu engoli a última garfada de um PF horroroso em um bar na rua Tupis, perto do Cine Jaques, deixando no canto do prato um monte de arroz empapado... Tomei o último gole de Coca-Cola, observando com atenção o movimento e a correria das pessoas. Como adorava aquela agitação da cidade grande, maravilhei-me, ainda mais inebriado ao pensar que o movimento anormal era fruto do nosso dia nacional de protesto.

Impaciente com a demora do garçom, levantei-me e fui pagar a conta no caixa. No balcão, fregueses tomavam seus cafezinhos e observei que alguns comentavam sobre a bagunça do centro naquele dia. Resolvi tomar também um café e, sem cerimônia, expliquei pros três senhores, preguiçosamente apoiados com os cotovelos sobre o balcão, que os estudantes realizariam uma passeata pela anistia e pela liberdade, lembrando os dez anos do assassinato pelos militares de um colega no Rio. E entreguei a cada um deles o manifesto "Luto é luta".

Curioso, o mais velho perguntou-me se a gente não tinha medo e eu, com a voz firme e confiante, disse que não...

– Nosso movimento é justo e pacífico! Ninguém aguenta mais a opressão e falta de liberdade neste país. Juntos, podemos derrotar o regime militar. Se contarmos com o apoio da população, a polícia não vai fazer nada contra nós! – afirmei, reconhecendo, em seguida, que não tivera muito sucesso na abordagem.

O recado, entretanto, estava dado e eu me despedi, convidando-os a participar da nossa manifestação... Tomei só um gole do café quente, que queimou a minha língua, e saí do bar. Caminhava pela Rio de Janeiro na direção da Faculdade de Direito, quando vi do outro lado da rua, na esquina com a avenida Augusto de Lima, o filho da puta do coronel Medeiros. Então, eu me misturei em meio aos transeuntes e subi a avenida, com as pernas tremendo...

Quando cheguei à faculdade, logo vi a Suely no alto do terraço do DA, com o microfone em punho, gritando palavras de ordem e comandando a agitação. A polícia havia desviado o trânsito da Álvares Cabral e grupos de estudantes, portando faixas e cartazes, conversavam apreensivos na praça, aguardando o início do ato público. Pela quantidade de gente que estava ali àquela hora, a manifestação seria realmente concorrida, apostei, localizando Rita, Alcides e Tavares em um dos grupos.

– Eles vão jogar tudo contra a gente hoje... – sussurrei no ouvido da Rita depois de dar-lhe um beijo, contando que vira o coronel na avenida Augusto de Lima.

– Como é que é? – Rita exclamou, chamando a atenção dos outros.

– Nada demais, gente! É que vi o coronel Medeiros na esquina da Rio de Janeiro com a Augusto de Lima. Pô, será que a repressão tá achando que a passeata vai pra praça Raul Soares? – falei.

– Se estiver, ótimo, Marcos! Vamos despistá-la fácil, fácil... – Alcides comemorou.

– Sei não, esse coronel é esperto pra caralho... – Tavares comentou desajeitado, carregando sob um dos braços faixas enroladas, enquanto com o outro apertava ao corpo um pacote de manifestos... Não sei se pelo calor ou pela tensão, o suor escorria pela sua cara...

– É... Acho que o Tavares tem razão... Vou voltar lá pra dar uma sacada na movimentação do coronel! Conferir se ele ainda tá lá... – disse, olhando pra Rita.

– Quer que eu vá com você, Marcos? – ela me perguntou.

– Vocês estão na direção dos grupos de agitação, Rita. Fiquem aqui. Só avise o pessoal da direção que eu vi o coronel e fui mapear a movimentação dele no centro. Daqui a pouco, tou de volta. – respondi.

– Tem certeza, Marcos? – Rita insistiu.

– Pode ficar tranquila! A Martha tá ali em cima e vai comigo – garanti, dando-lhe um beijo.

OOO

Parada na esquina da Bahia, dei de cara com Marcos subindo apressadamente a Álvares Cabral e resolvi ir à forra pela sua frieza na panfletagem pela manhã nos portões da universidade:

– Uai, Marcos, onde você tá indo? Que bicho te mordeu de manhã, cara? Não me deu papo e saiu daquele jeito... – ataquei.

– Oi, Andréa! – ele saudou surpreso.

– Nada não... Só estava concentrado na panfletagem... – ele emendou.

– Bicho! Você tava super ingriziado! – continuei.

– Nada disso, Andréa! – ele garantiu.

– Não sei não, mas deixa pra lá, bicho! Nem imagina o que aconteceu depois daquela hora! Quase que eu e o Alexandre dançamos lá no bosque...

– O quê? Onde? – Marcos perguntou espantado.

– Uai! Você nunca entrou no bosque, Marcos? Tou pasma...

– Não... Claro que não!

– Você não sabe o que está perdendo. O lugar é lindo pra caralho! A maior curtição... – falei.

– Hum... É mesmo?

– Fomos fumar uma beata, um *baseadinho*... A merda é que o vigia chegou e quase nos pegou fumando... E nos botou pra fora...

– Como é que é?... Você é louca, companheira?

– Deixa de caretice jacaré! – desdenhei.
– Isso de louca é brincadeira, Andréa... Mas... Um dia desses você me leva lá no tal bosque? – Marcos insinuou.
– Talvez... – fiz corpo mole.
– Aqui, Andréa... Tou indo ali na rua Rio de Janeiro, perto do Cine Paladium. Passei lá há pouco e vi o coronel Medeiros... Já ouviu falar dele? Falou de repressão em BH, é com ele mesmo e o Kojak, um policial civil careca mau pra caralho! Vou conferir se o coronel ainda está lá. Vamos nessa? – ele convidou.

De início titubeei, mas depois de alguns segundos de hesitação resolvi acompanhá-lo. Embora o sol já estivesse fraco, ainda fazia um calor terrível! E, enquanto caminhávamos, Marcos ia discorrendo sobre a história do ME e da esquerda brasileira. Encabulada, escutei-o falar, que nem pobre na chuva, sobre a dançada da opção pela luta armada em 68, sobre a retomada das mobilizações em 77 e sobre as organizações de esquerda e as tendências estudantis...

Contou também sobre o III ENE, quando eu ainda estava no científico, mas guardava algumas lembranças do que ocorrera. Recordei que a prisão de centenas de estudantes fora o assunto principal no colégio, comentário do dia até dos professores. Um deles, o Aurélio, que me salvara em uma prova de matemática, fora preso também...

Enquanto Marcos falava, um panfleto no chão chamou-me a atenção e parei para pegá-lo. Quando comecei a ler, não acreditei. Era assinado por um tal G.O.E. Então, eu parei e comecei a lê-lo baixinho para o Marcos, com a voz trêmula:

> *A camarilha clandestina e contestatória de uma espúria Comissão Nacional Pró-UNE, que covardemente esconde-se no anonimato juntamente com DCEs e DAs, tentando ludibriar os mais incautos, tenta convocá-los para uma reunião de protesto contra a morte do "estudante" Edson Luiz (em 1968) e dos universitários terroristas Alexandre Vanucci Lemos e José Carlos da Matta Machado (em 1973), além de outros "milhares" de "assassinados" pela "ditadura". Devemos reverenciar sim, como cristãos e patriotas, a memória daqueles impávidos bra-*

sileiros que morreram lutando contra o movimento subversivo, num total de 91 pessoas, entre 1968 e 1973.

Pra minha surpresa, Marcos pouco deu bola para o panfleto, dizendo que o G.O.E. devia ser ligado ao grupo paramilitar, o GAC, Grupo Anti-Comunista, que no início do ano jogara bombas no DCE da UFMG e na da casa da presidente do MFPA, Dona Helena Grecco.

– É só mais uma tentativa de intimidação, Andréa... – Marcos tentou me tranquilizar. E continuamos a caminhar, mas quando chegamos na esquina da Augusto de Lima com a rua Rio de Janeiro foi ele que se assustou, ao não ver nenhum carro de polícia.

– Porra, mas o merda do coronel estava aqui agorinha. Pra onde ele se escafedeu? – Marcos perguntou atônito, resolvendo subir a Rio de Janeiro e pegar a Goitacazes, em direção à Bahia.

Agora calados, pegamos a Goitacazes esbaforidos, mas ao chegarmos à esquina da Bahia, Marcos parou de repente, encostando-se trêmulo na parede de um prédio. E apontou-me um militar ao lado de uma viatura policial, em frente ao Cine Metrópole, que falava e gesticulava sem parar, em meio a um grupo de soldados...

– Então, aquele é o temido coronel filho da puta que você falou... – exclamei também assustada, enfiando o panfleto do GAC no bolso da calça.

– É o dito cujo... E acho que o veado tá se preparando para furar o nosso plano para a passeata... Quando fui pra Direito, ele estava na Rio de Janeiro com Augusto de Lima e agora está aqui! Que merda, ele está preparando o bote! – Marcos rosnou em voz baixa.

– O quê nós vamos fazer? – perguntei com medo, enquanto observava, lívida, o grupo de soldados prostrado na esquina.

– Vamos voltar, sem dar bandeira, pra Direito... E vamos comunicar ao pessoal da direção, a Suely e o Fernando, que o plano tem de ser mudado, pois o filho da puta do coronel tomou conta da Bahia! – Marcos respondeu, pegando-me pelo braço e dando meia-volta.

Devagarzinho, nós começamos então a subir a Goitacazes, quando Marcos reparou que estávamos sendo seguidos por dois sujeitos... Cagando de medo, olhei pra trás também e vi os caras mal-encarados, com bolsas pretas dependuradas nos ombros! Deviam estar carregando bombas e armas, pensei, já quase sendo dominada pelo pânico.

Marcos havia apertado o passo, me puxando com força... E os nossos passos rápidos logo viraram correria quando ele constatou que os dois caras, policiais a paisana certamente, estavam mesmo no nosso encalço...

– Estão atrás de mim... O careca é o Kojak! Vou tentar despistá-los, pulando pro meio dos carros na rua! E você continua correndo pela calçada, Andréa! Depressa! Corre e avisa pro pessoal na Direito! – Marcos falou, desvencilhando-se de mim.

Apesar do calor, um frio gélido percorria a minha espinha e eu fiz o que ele mandou. Quando já estava chegando à Espírito Santo, olhei pra trás e vi a confusão: os caras tinham alcançado e agarrado Marcos no meio da rua, soldados chegavam e um pequeno tumulto se formara. Então, resolvi retomar a corrida, ainda ouvindo os gritos de Marcos, berrando que estava sendo preso por agentes da repressão e que se chamava Marcos Rodrigues, estudante universitário da UCMG...

E eu corri mais ainda...

OOO

Em uma ação rápida e fulminante, o coronel quase desandou o esquema que havíamos montado para a passeata, com a prisão de algumas lideranças estudantis. O Robertão havia dançado mais cedo e, agora, uma tal Andréa trazia a notícia de que Marcos também fora preso. Além dos três, cinco outros estudantes, que não sabíamos ainda quem eram, tinham sido presos e levados pela polícia pra não se sabe onde... Talvez o DOPS... Nós, agora, teríamos de montar rapidamente um plano alternativo para a realização da passeata e também para acompanhar o pessoal preso, falei, fitando Fernando e Lúcia.

– Está na cara que o coronel teve informações sobre o que pretendíamos fazer e montou uma estratégia de repressão dirigida, Suely! É claro que ele sabe que, sem liderança, a passeata não tem como acontecer; seria um desastre... E isso é um risco que não podemos correr! Portanto, acho que devemos fazer apenas o ato público. Caso contrário, vamos nos expor demais e muito mais gente vai dançar... – ponderou Lúcia, roendo as unhas.

– Pô, Lúcia! Mas houve consenso de que deveríamos fazer a passeata... Você não pode recuar agora! É sacanagem... Tem muita gente lá embaixo na praça... Se recuarmos, vai ser um atestado de fraqueza do ME e uma vitória da ditadura! – reagi irritada, propondo que a gente tomasse a decisão ali, naquela hora.

– Uai, Lúcia! A Suely tem razão: todo mundo fechou com a realização da passeata, inclusive vocês da *Unidade*. De fato, tem muitos soldados, mas o centro da cidade está apinhado de estudantes também... Temos de ir pra rua de qualquer jeito! – afirmou Fernando.

– Então, estamos em dois a um aqui. Vou consultar o Conde e o Aurélio sobre isso. Se eles concordarem, faremos a passeata. – disse, encarando a Lúcia.

– Não distorçam a nossa posição! O quê a Unidade defendeu foi avaliarmos aqui a possibilidade de realizarmos a passeata... Vocês não veem que a correlação de forças está desfavorável? Precisamos discutir os prós e contras, Suely! – respondeu a Lúcia.

– Mas que alternativa você propõe? Que paremos tudo pra nos reunirmos e deliberarmos? – interroguei incisiva.

– Devíamos discutir mais um pouco, camarada Suely! Não dá para tomar uma decisão dessas de forma tão precipitada...

– Mas não é precipitação; nós não temos muitas alternativas, Lúcia! Aliás, só temos uma: fazer a passeata, como já estava deliberado! E as posições entre nós já estão claras! O tempo tá passando... – ponderei impaciente.

– Não tem jeito, Lúcia! Ou reconhecemos que é o comando que tem poder pra encaminhar o que foi deliberado ou não reconhecemos a democracia no movimento. – Fernando insistiu.

– Mas isso não é democracia, camarada! Isso é rolo compressor! A gente tinha que escutar a massa...

– Como assim? Já são mais de cinco horas e o ato deveria ter começado. Ou você quer que a gente pare tudo, convoque uma assembleia agora e submeta a proposta de fazer ou não a passeata... Deixa de cagaço! – provoquei.

– Façam o que quiserem, mas eu não participo e nem me responsabilizo pelo que vai acontecer... – ela falou.

– Se Conde e Aurélio concordarem, você reconhece o encaminhamento do comando pela passeata? Vai acatá-la? – perguntei, percebendo um lampejo de dúvida no olhar da Lúcia.

E eu estava certa! Hesitante, ela disse finalmente que acataria a decisão, mas afirmando, em seguida, que se reservava o direito de criticá-la depois, até em público... Mesmo assim fiquei aliviada e eu e Fernando fomos conversar com o Aurélio e o Conde, que, naquele momento, se revezavam na agitação da massa.

Ambos concordaram que a passeata deveria acontecer e decidimos, então, começar o ato público e que o Fernando seria o primeiro orador. Enquanto ele falava, nós montamos um plano alternativo para a passeata e resolvemos concentrar a massa perto da Igreja São José, nas confluências da Rio de Janeiro com a rua Tamoios. Rapidamente, propus-me descer para avisar o pessoal de vanguarda sobre o novo esquema e a Lúcia, por sua vez, se prontificou a conversar com os advogados e políticos de oposição para tentar localizar onde estavam os estudantes presos.

Agitada, desci as escadarias correndo, embalada pelo sentimento de vitória. Já na porta da escola essa sensação ficou ainda mais forte. Apesar do paredão de soldados, escudos, armas, lança-bombas, cassetetes e cães que bloqueavam a Álvares Cabral na esquina com a rua Goiás e Augusto de Lima, a massa estava compacta; tinha muito mais gente do podíamos ver do terraço do DA! E o entusiasmo e a disposição de luta eram visíveis nos rostos de cada manifestante! Todos respondiam, aos brados, braços em punho, as palavras de ordem puxadas pelos oradores:

– Abaixo a ditadura!... Abaixo a repressão, mais arroz e mais feijão!... Um, dois, três, quatro, cinco mil, eu quero que a METROPOL vá pra puta que pariu! – eu gritei junto com a massa.

Em meio ao mar de gente, a primeira pessoa que localizei foi o Tavares e pedi-lhe que espalhasse o novo esquema da passeata: quando o Aurélio pegasse o microfone, todos deveriam seguir em grupos de quatro em quatro para a rua Tamoios... Assim, a repressão perderia alguns preciosos minutos antes de perceber que o ato estava acabando e a passeata começando...

A noite caía e, de repente, lembrei que eu teria de falar outra vez no ato. Voltei que nem uma bala para o terraço e chegando à mesa, o Conde me repreendeu: o representante da Federação de Cineclubes já estava terminando a sua fala e eu seria a próxima. Fui então anunciada, respirei fundo para ganhar coragem e comecei a falar:

QUEREMOS LIBERDADE!
QUEREMOS DEMOCRACIA!

– Companheiros e companheiras! Ninguém acreditava que os estudantes se tornariam hoje uma força decisiva na luta pela democracia neste país. E avançaremos ainda mais e vamos reconstruir a gloriosa União Nacional dos Estudantes!... A truculência do regime militar, que há dez anos assassinou covardemente o nosso companheiro Edson Luis, que matou barbaramente Honestino Guimarães, Alexandre Vannucchi Leme e nosso colega José Carlos da Mata Machado, não conseguirá mais calar as nossas vozes, reprimir o nosso movimento, que, aos poucos, vai se expandindo pra toda sociedade! A luta pela anistia é hoje de todo o povo brasileiro, bem como também é o anseio por liberdade, justiça e democracia! Enquanto a nossa arma é a palavra, os poderosos, enfraquecidos por nós e pelos movimentos contra o arrocho e a carestia, mandam pras ruas soldados, cachorros, cassetetes, armas e bombas! Mas soldados, vocês, que agora apontam a arma contra os estudantes, devem saber que a está apontando pro lado errado... Como os estudantes e o povo brasileiro, soldados, vocês também são explorados e oprimidos por essa ditadura comprometida apenas com os interesses dos ricos e das grandes empresas multinacionais. Queremos liberdade... Queremos anistia... Queremos democracia... Soltem nossos presos... Soltem nossos presos... Anistia... Anistia!

OOO

As palavras de Suely, fortes e dramáticas, intercalavam momentos de silêncio profundo e de explosão da multidão, até o delírio quando ela agitou a bandeira azul e branca da UNE. Agora, aos gritos, os estudantes gritavam "soldado, soldado, você também é explorado", animados pela energia gerada pelas suas palavras. Era impressionante como ela havia se soltado e, aos poucos, o seu discurso ganhava a multidão, eu observei emocionada.

– Pô Rita, que discurso forte esse da Suely! Foi o melhor até agora, não foi? E olha que ela sempre diz que não gosta de falar em manifestações. Imagine se gostasse? – comentou Cláudio, chegando sorrateiramente atrás de mim.

– É... Foi um puta discurso, contagiante mesmo.... – concordei.

– Gosto de mulheres assim! Fortes e destemidas! Que se superam, Rita... – disse Cláudio "maluco beleza", partindo como chegou, sorrateiramente.

Lembrei-me então do Marcos. Eu havia ficado apavorada com a notícia da sua prisão e o mais importante agora era garantir o sucesso da passeata, inclusive para libertá-lo, raciocinei, quando ouvi anunciarem a fala do Aurélio, a palavra-chave pra seguirmos em grupos pra rua Tamoios.

– Vai começar! Chegou a hora... – disse pro Tavares, que, empolgado, conversava com a Tânia.

Envolvido no papo, tive de insistir por várias vezes, até que ele se abaixou e pegou as faixas e os panfletos. E convidou a caloura para acompanhar o nosso grupo, em direção ao local combinado.

As bombas de gás lacrimogêneo e de efeito moral já começavam a pipocar e a gente chorava, sufocada pelo cheiro do *peido alemão*, mas a nossa estratégia estava dando resultado. Em frente ao Maleta já éramos um bolo de estudantes e paramos o trânsito; o que dificultava a movimentação da tropa de choque em nossa direção.

Dos edifícios, as pessoas jogavam papel picado, gritavam e agitavam toalhas; nas ruas, os carros buzinavam, em uma algazarra louca; e, durante toda a descida da rua Espírito Santo até a esquina com a Tupis, bancários e comerciários que saíam do trabalho iam aderindo à passeata, engrossando-a cada vez mais...

Definitivamente, a nossa luta havia ganhado as ruas de Belo Horizonte, eu pensei emocionada, correndo como uma louca e puxando palavras de ordem. Em cima do teto de uma *Brasília*, na esquina com a rua Tupis, deparei com o Conde discursando, já quase sem voz, e arrancando aplausos da multidão, quando vi que mais policiais se movimentavam abaixo, na avenida Afonso Pena. Decidimos, então, continuar a passeata pela rua Tupis, mais uma vez favorecidos pelo imenso engarrafamento que se formara atrás de nós.

Conseguimos chegar até a rua dos Tamoios, quando fomos surpreendidos pela presença de um novo contingente de soldados, que também vinha da avenida Afonso Pena. Uma balbúrdia impressionante aconteceu então, com grupos de pessoas voltando ou correndo pra todos as direções.... As bombas de gás lacrimogêneo e de efeito moral voltaram a explodir e pipocar, enfumaçando a rua. Do outro lado da rua, dois meganhas gorilas agarraram uma menina... Um pastor alemão cravara os dentes na perna de um estudante e ele berrava de dor... E vieram os soldados a cavalo... Era a hora do salve-se quem puder...

Não sei de onde tirei tanta força pra correr e, agarrada à mão do Conde, segui pela Tamoios, em busca de refúgio no prédio da FACE. Outros estudantes e populares corriam também, perseguidos por policiais da tropa de choque, de escudo e cassete nas mãos, e pela cavalaria!

Percebendo que não chegaríamos à FACE, eu e o Conde entramos no primeiro bar que vimos na esquina da Tamoios com a rua São Paulo, apesar dos apelos dramáticos do balconista... Mas não demos ouvidos a ele e passamos como um furacão pelo balcão, em busca de uma rota de fuga ou de um esconderijo qualquer...

Na escuridão do fundo do bar, nós deparamos com uma pequena escada, que daria certamente pros banheiros e a cozinha. Não hesitamos... Subimos a escada de ferro circular, pulando os degraus, que nem loucos. No segundo andar, ficava realmente a cozinha e os banheiros e entramos no primeiro que vimos, o feminino. Naquele buraco sujo e mal cheiroso, eu e o Conde nos escondemos agachados e ofegantes, em um silêncio sepulcral... Das ruas, podíamos ouvir o pipocar das bombas estourando, gritos, latidos de cães e a algazarra das buzinas...

Ficamos ali no banheiro minúsculo, espremidos e suando por um bom tempo, que pareceu sem fim, até que tudo silenciou de repente. E então ouvimos passos na escada e um batido na porta do banheiro. Apreensivos, ouvimos uma voz:

– Podem sair agora, moços! Os soldados quiseram vasculhar o bar, mas eu disse que não tinha nenhum estudante aqui... E eles foram embora... A polícia já suspendeu também o cerco da Faculdade de Economia. São quase nove horas e está tudo calmo outra vez no centro da cidade...

ABAIxO O
ARROCHO
SALARIAL!

DEZESSEIS

Sobre as greves operárias e as eleições em 78. Lúcia defende o apoio ao MDB e Fernando, que sustenta o voto nulo, diz que vai se transferir para o Movimento Operário.

Abstêmia, Lúcia olhava com nariz torto quem bebia, mesmo que só de vez em quando, como eu... Não conseguia entender como ela conseguia passar horas a fio em uma mesa de bar, tomando apenas água ou sucos e, entre os refrigerantes, apenas Guaraná ou Grapette – esse último, cada vez mais difícil de encontrar nos bares, para seu desespero! Coca-cola e Pepsi-cola, nunca! Produtos do Imperialismo norte-americano, Lúcia dizia, sustentando – não sem certa razão – que tanto um quanto o outro simbolizavam o consumismo capitalista e a alienação, estimuladas na juventude pela direita reacionária...

– Camarada Lúcia! Há um ano, no III ENE na Medicina, a gente poderia imaginar que o ME chegaria aonde chegou e que o movimento operário entraria em cena com tanta força, como entrou agora? – perguntei a ela exultante, enquanto bebericava, de leve, uma cerveja no bar do Geraldinho, atrás da Católica.

– Difícil de prever naquela época, camarada Fernando, embora o crescimento da oposição à ditadura venha de muito antes... Das eleições de 74... Mas os militares não estão mortos e a extrema-direita está mais ativa do que nunca. Veja a onda de atentados do Comando de Caça aos Comunistas, o CCC, que começou com as bombas na ABI e na OAB no Rio em 76... Aqui mesmo em BH, o Grupo Anti-Comunista jogou bombas na casa de Dona Helena Grecco e no DCE da UFMG este ano...

– Espatifaram a gráfica do DCE e picharam três carros no dia da manifestação pela anistia no Colégio Santo Antônio. Tivemos de transferir o ato para o DCE Cultural da Gonçalves Dias...

– Pois é... Por isso que digo que eles não estão mortos! Embora menor do que antes, a perseguição continua. Os presos políticos continuam lotando as penitenciárias e o AI 5 também permanece aí, como uma espada de Dâmocles, dando poderes ao general presidente para decepar, a qualquer hora, as cabeças dos opositores... Veja o que aconteceu com o deputado Marcos Tito no ano passado, cassado pelos milicos apenas por ter lido na tribuna um editorial do nosso jornal, *A Voz Operária*... Não podemos subestimar a força da direita e dos militares! – ela disse, sem disfarçar o incômodo quando virei mais um copo de cerveja.

– Não estou subestimando, Lúcia! Até o AI 5 o general Geisel está prometendo revogar... Mas o que está mudando a conjuntura é o movimento de massa, não as eleições. A correlação de forças começou a mudar mesmo depois da retomada do ME em 77 e, agora mais ainda, com as greves dos trabalhadores em São Paulo contra o arrocho salarial e a PEG, a política econômica do governo. Cento e cinquenta mil operários pararam as máquinas nas fábricas do ABC! Uma puta vitória! Quem poderia imaginar isso há um ano atrás? Quer mais, camarada?...

– Sem dúvida, Fernando, a conjuntura está mudando... Criamos o Comitê Brasileiro pela Anistia em fevereiro e o dia nacional de lutas nos dez anos do assassinato de Edson Luis em março mobilizou os estudantes em todo o país... Mas, veja bem, esse movimento nas fábricas é apolítico, para não dizer anti-política... E você está bebendo demais! – Lúcia não se conteve.

– Quê isso, camarada! Você me conhece há tanto tempo e ainda não sabe que bebo muito pouco? Nunca gostei de drogas, maconha, essas coisas... E não sou nenhum porra-louca, nenhum bicho-grilo. – respondi, disfarçando o riso. E continuei:

– Sim, você tem razão quanto às lideranças sindicais serem apolíticas. Mas é o que nós sempre dissemos: a consciência política da massa desperta a partir da luta econômica, por melhores salários e condições de trabalho, contra a carestia... Batemos nessa tecla quanto à política educacional do governo e deu no que deu: a ascensão do ME! A história mostra que a consciência política e de classe nasce do enfrentamento de questões objetivas, materiais... É o materialismo histórico! E é esse processo irreversível que está em curso agora no Movimento Operário, desde que as greves pipocaram nas fábricas em maio desse ano, Lúcia!

– Pode ser, Fernando... Mas o fundamental neste momento é fortalecer a luta democrática, ampliar o arco da aliança de oposição ao regime militar. Desgastá-lo... Fortalecer a frente pela redemocratização do país nas eleições desse ano... – Lúcia afirmou.

– Lá vem você caindo de novo no erro do fortalecimento da oposição burguesa, da frente democrática contra o regime, e chamando ao apoio, às cegas, dos trabalhadores e estudantes ao MDB nas próximas eleições! Repito mil vezes sem cansar: participar das eleições e apoiar os candidatos desse partido conciliador é legitimar o regime e o novo milico que o Geisel está apoiando, o general João Baptista Figueiredo, do SNI. Ou a companheira acha que o Euler Bentes Monteiro, só por ser general também, vai ganhar do chefe do SNI na eleição do colégio eleitoral da ditadura? Ou ainda que o Magalhães Pinto, embora golpista de primeira hora em 64, tenha alguma chance de virar presidente?

– Seu problema, camarada Fernando, é a estreiteza política, o sectarismo... Parece até com o pessoal da *Libelu* que, quando a gente fala em oposição democrática, logo a restringe ao MDB... E o que dizer do Raymundo Faoro, presidente da OAB, e do Barbosa Lima Sobrinho, da Associação Brasileira de Imprensa? Ou dos bispos Evaristo Arns, Dom Pedro Casaldaglia e Dom Helder Câmara e das CEBs, dos padres da Teologia da Libertação? Até um senador da ARENA, o Teotônio Vilela, tá descendo o pau nos militares agora... É óbvio que eles não são marxistas e nem de esquerda, mas representam setores vitais da sociedade brasileira e têm um papel fundamental na luta pelas liberdades e contra o regime militar...

– Sem dúvida, Lúcia, eles são aliados importantes... Estou totalmente de acordo quanto a isso! Agora, estes setores não são determinantes e é preciso separar o joio do trigo... Como a camarada mesmo disse, não são marxistas... E a revolução socialista e o governo dos trabalhadores se fazem sob a direção firme de um partido revolucionário, marxista e leninista!

– O radicalismo de sempre, Fernando! E a campanha pelo voto nulo que os camaradas propõem nessas eleições é mais um erro político. "Esquerdismo, doença infantil do comunismo", escreveu Lênin... Fecham os olhos para a realidade política e ficam de costas para o povo e a sociedade... – Lúcia rebateu, ainda mais na ofensiva.

— De costas para a massa estudantil ficou a camarada na manifestação na Direito no dia nacional de protesto, tentando impedir que a gente saísse às ruas, fizesse as passeatas... — contra-ataquei sem dó.

— Porra, Fernando, nem bem começamos a conversar e o camarada já baixou o nível! Também pudera, com o tanto que você está bebendo... Vou-me embora, que tenho mais o que fazer... — Lúcia disse, ameaçando levantar-se.

— Deixa de frescura e não me toques, Lúcia! Mas não vá embora agora, por favor. Desculpe se te ofendi... Eu te chamei pra gente conversar como amigo... Contar algumas coisas que estão passando pela minha cabeça, sobre as quais queria saber a sua opinião... Nem é correto te contar... Mas te considero minha melhor amiga, embora quase nunca concordemos na política... — contemporizei.

— Tudo bem, Fernando!... Mas que o seu baixo nível é foda, isso é!... Haja saco!... Ah... Mas não se esqueça que a passeata custou a prisão de mais de cem estudantes e todos foram fichados no DOPS. — ela ainda tentou retrucar.

— Tá bom, Lúcia... Tá bom...

— Mas que coisa é essa que você me chamou pra contar? — ela perguntou curiosa, ajeitando-se novamente na cadeira e me fitando com o olhar sério.

— Vou deixar a universidade... — falei de supetão.

— O quê? — Lúcia reagiu assustada.

— Isso mesmo! Estou pensando seriamente nisso...

— Sem se formar, Fernando? — ela interrogou, mal acreditando.

— Exatamente...

— Mas por que, camarada?

— Um motivo é que já estou na universidade há cinco anos e já podia até ser jubilado pelo 477... Nem se eu quisesse e deixasse o ME amanhã, conseguiria me formar nos próximos dois anos... Fiz as contas! Estou devendo matérias pra caralho...

— Em minha opinião, isso se resolve fácil... Minha situação é quase igual a sua, Fernando... E você sabe muito bem que podemos resolvê-la com um jeitinho com a ajuda dos professores de esquerda! Mas quais os outros motivos então? — ela inquiriu firme.

— Aí está o problema... De não ser correto te contar...

— Uai, mas não estamos conversando como amigos? Também te considero o meu melhor amigo, apesar de militarmos em tendências diferentes e dos nossos embates políticos e ideológicos... Desembucha, camarada Fernando! – Lúcia falou impaciente.

– Pois é, vamos lá, mas morre aqui, certo?

– Nem precisava falar isso, Fernando! Já tinha entendido que é sigiloso...

– Estou pensando em me transferir para o Movimento Operário... Com a ascensão do movimento dos trabalhadores, o caminho é a proletarização... – eu falei outra vez de chofre, deixando os rodeios e esperando a reação dela.

– Como é que é? Assim de uma hora para a outra? De supetão? – Lúcia reagiu, sem esconder a surpresa.

– Como te disse, avaliamos que a ascensão do movimento operário é irreversível. E os nossos quadros revolucionários, mais experientes do ME, podem fazer a diferença no processo de organização política da classe trabalhadora... Tenho pensado nisso há algum tempo e agora está pintando uma oportunidade... É que tem um empresário do setor metalúrgico, simpatizante da organização, disposto a esquentar a minha carteira de trabalho... – confidenciei, quase sussurrando.

– E pra onde você vai?

– Isso, eu não posso contar... – respondi.

– Entendi! Desculpe... Mas quando será isso, Fernando?

– Ainda não sei. Vou fazer um curso no SENAI primeiro... Preparar bastante, inclusive psicologicamente... Então, a minha transferência vai demorar um tempo ainda... Talvez fique pra depois do congresso de re-fundação da UNE no primeiro semestre do ano que vem. Esse é o plano...

– Mas nem está certa ainda a realização do congresso da UNE em 79... – Lúcia ponderou.

– Com certeza, camarada, vai ser aprovado no IV Encontro Nacional dos Estudantes em outubro! O pessoal da *Caminhando*, do PC do B de Salvador, já disse que topa e tem condições de realizar o congresso lá...

– Pode ser que sim... Mas você é muito visado pela repressão, camarada Fernando! Responde até a processo pela LSN, por causa do III ENE... O risco de te pegarem é muito grande, Fernando! – ela disse, com a voz apreensiva.

– Sabemos disso, Lúcia! Mas as coisas estão mudando... Viu a edição do *Em Tempo* de junho? O jornal deu a lista de 233 torturadores, feita por companheiros que estão presos e não foi censurado. E a repressão não fez nada.

— Fez sim, Fernando! As sucursais daqui de Belo Horizonte e de Curitiba foram arrombadas e vasculhadas...

— Quis dizer o governo, Lúcia, não os fascistas paramilitares, viúvas do linha-dura Sylvio Frota, ex-ministro do Exército... Mas... Sei que sou visado e, então, vou submergir por um bom tempo na clandestinidade... Atuar internamente na formação de nossos quadros no movimento operário e popular... Depois, reapareço já militando na empresa metalúrgica...

— Camarada, estou boba com essa notícia... Nem acredito!... E se você quer a minha opinião sincera, digo que é uma loucura sem tamanho!... Uma verdadeira maluquice, Fernando!... Um desvio obreirista... – Lúcia falou, com a voz grave.

— Obreirismo que nada! É a vida de um revolucionário, camarada! Nós, marxistas leninistas, devemos estar preparados para qualquer coisa no processo da revolução socialista! E o ascenso do proletariado esse ano está mostrando que o momento é agora! – afirmei, orgulhoso de minha nova missão.

— Agora, te peço apenas uma coisa, camarada Lúcia! Essa nossa conversa morre aqui, certo? Cometi uma traição imperdoável...

— Nem precisa repetir, Fernando... – ela respondeu.

OOO

Chegando em casa, fui direto para o meu quarto e desabei sobre a cama, de roupa e tudo, ainda aturdida pela conversa com Fernando no bar do Geraldinho. Fora ao seu encontro ingenuamente, acreditando que conversaríamos sobre o impasse nas eleições do DCE, pra tentar juntar os nossos cacos, diante do crescimento dos trotskistas... Já tinha até bolado alguns planos, mas aí ele veio com aquela confissão maluca, de sua transferência para o movimento operário...

Juntando os pontos, porém, fui percebendo que aquela história de transferência não era tão maluca assim, como me pareceu a princípio. Em suas avaliações, ouvira Fernando afirmar, algumas vezes, que o Movimento Estudantil estava esgotando o seu papel revolucionário e prova disso, segundo ele, era o esvaziamento crescente das entidades estudantis, das assembleias e das mobilizações...

Como sempre radical, ele analisava que o ressurgimento do movimento operário estava provocando uma gradual acomodação da classe média. E o ME seria cada vez mais secundário no processo da revolução brasileira; apenas um setor de onde poderiam ser cooptados quadros revolucionários profissionais, que se dedicariam à reorganização do movimento sindical e popular, escutara-o falar.

– Tudo se encaixa perfeitamente! Eles estão iniciando o giro para o movimento operário! Mais uma aventura obreirista desses radicalóides, que nunca aprendem com os erros da esquerda no passado... – constatei, embora apreensiva e temerosa com o que poderia acontecer com Fernando.

De fato, depois de tantos anos de convivência política, unidos na luta para retomar os DAs e o DCE das mãos da direita, Fernando se tornara inseparável, um grande amigo. Mesmo as suas provocações, sectárias, irritantes e insistentes, que quase sempre descambavam para a baixaria, aprendi a perdoar, tapando o nariz... Reagia fingindo raiva, mas, no fundo no fundo, até gostava, pois o debate sem trincheiras com ele me obrigava a experimentar novas armas, aguçar os meus argumentos e aprofundar melhor as minhas próprias convicções políticas e ideológicas, pensei, já com saudades de nossas discussões quase cotidianas.

– Sem dúvida, Fernando fará falta ao ME, apesar de todo o seu sectarismo... E estou perdendo um grande amigo... – lamentei desolada.

Embora o seu segredo fosse uma bomba política, ao revelar o caminho da proletarização que os radicais de esquerda pretendiam seguir na nova conjuntura política do país, honraria o silêncio que ele me pediu, amargurado pelo sentimento de traição que sentiu depois da sua confissão. E faria isso não só pela nossa amizade, mas pelo respeito e admiração devidos a um revolucionário de fibra, apesar de todos os seus equívocos políticos e ideológicos...

PELO ENSINO PÚBLICO E GRATUITO PARA TODOS!

DEZESSETE

Sobre a dialética das relações amorosas ou viver o momento. Empolgado, Marcos prevê avanços do movimento em 79 e Andréa o leva ao bosque proibido.

Minha tarde tinha sido quase toda perdida na burocracia infernal para a renovação do contrato de aluguel do barracão! Sem comprovação de renda, custei a enrolar o cara da imobiliária e, por isso, chegaria à universidade mais tarde do que havia planejado, engoliria a comida no RU e subiria correndo pro DCE. Como todos os dias àquela hora, caí no infernal engarrafamento das seis da tarde e o pior de tudo era que o motor de meu *"Fuscão"* falhava a toda hora...

Mas consegui chegar são e salvo à Católica e, depois de muita luta, encontrei uma vaga no estacionamento. Segui então para o restaurante, onde a fila gigante aumentou a minha irritação, que já não era pouca, quando um golpe de sorte me acudiu, ao ver Andréa na boca do caixa... Pedi que ela comprasse o meu tíquete e enquanto a aguardava, comemorei aquele encontro providencial, quase esquecido dos transtornos da tarde.

Depois do dia nacional de protesto, insistira com Andréa para participar dos cursos de formação da área próxima da organização, que fazíamos todos os sábados, e ela até foi em alguns... Porém, Andréa sumiu de repente e quando a encontrei, e a convidei pra continuar na área próxima, ela não topou. E até me gozou naquele dia, dizendo que não tinha saco para participar de reuniões clandestinas, embora gostasse da ideia de ter um codinome... Débora seria o meu codinome, ela falou, para me provocar.

– Obrigado, companheira... Mas como você está sumida! – disse quando Andréa chegou com o tíquete, admirado como ela estava bonita, com os cabelos soltos, pele queimada de sol, destacada pela camisa azul claro que usava solta sobre a calça apertada, modelando o seu belo corpo.

– Pô, Marcos! Sem outro exemplo de furada de fila, hein... Estou por aí mesmo, só que longe dessa quantidade de reuniões, cursos e assembleias que vocês arrumam dia e noite... Curtindo a vida... – ela falou, me gozando logo de cara.

– Vai, desculpa... Foi mal... Mas o que você têm feito de bom? – perguntei.

– Só coisa boa, piração total! Mil agitos legais, bicho! Agora mesmo, eu estou voltando de uns dias de férias em Trancoso. Já ouviu falar? Cara, as praias são um paraíso e a liberdade é total... Muito sol, muita alegria, muita curtição, muito sexo...

– Estive lá também em fevereiro do ano passado... Um barato mesmo... É, dá pra perceber que você está ótima e a mil... – disse, lembrando-me dos dias que passei com Rita no arraial, antes do carnaval do ano passado, acampados no quadrado da vila, perto da igreja. Pela primeira vez, tínhamos visto homens e mulheres praticando o nudismo em uma praia e a Rita custou a ter coragem de tirar o biquíni, e eu o calção... E foi um custo segurar o tesão até encontrar um local deserto...

– Tou mesmo, bicho! E ainda vou morar naquele paraíso alto-astral ou no Arraial de Ajuda... Na praia, livre e solta, longe dessas montanhas opressoras...

– Já tive essa vontade também... Hoje, acho que ela representava pra mim apenas um desejo de fuga da realidade, de jogar tudo pro alto irresponsavelmente... Mas da realidade não se escapa; taí pra ser transformada, Andréa!

– Sei, Marcos... Sei... Já conversamos muito sobre isso... Olha, estou com vocês pra qualquer coisa, mas não conte comigo enfiada no ME e na política. Seria como tentar me vestir num *"terno de vidro costurado a parafuso"*... Lembra-se dessa letra da música do Alceu Valença? Ela diz tudo! – Andréa afirmou, ajeitando-se na cadeira e colocando o bandejão sobre a mesa.

– Claro que lembro! É de 74, *"papagaio do futuro..."* – respondi, sentando-me também.

– E a Rita, como está, Marcos? – Andréa perguntou de repente.

– Ela... Está bem! Nós... Nem tanto... – gaguejei.

– Cara! Você está sempre enrolado...

– Não é isso... É que toda relação acumula mágoas e desgastes mesmo... Vira e mexe elas explodem... – frisei, tentando me esquivar daquela conversa.

— Essa visão é muito fatalista, bicho! Quer dizer que toda relação tá fadada a dar merda de quando em quando, Marcos? — Andréa insistiu, encarando-me outra vez.

— Você entendeu errado... Não quis dizer isso... Vejo as relações dialeticamente, fases positivas e negativas, embora nem sempre o contraditório conduza a um patamar superior... Eu e a Rita estamos na fase negativa... — dei o braço a torcer.

— O rango tá uma merda, hein? — Andréa desconversou.

— E gente não pode é se acostumar com isso... — emendei aliviado.

— Mas desse jeito que você fala, toda relação é pré-determinada. E isso não é um puta fatalismo, bicho? — ela retomou o assunto, para o meu desgosto.

— De jeito nenhum! Simplesmente, acho que as relações atravessam fases mais ou menos comuns, de altos e baixos... E isso está muito ligado à história pessoal de cada um e até de cada geração, entende? — respondi, desesperado pra botar um ponto final naquele papo.

— Minha visão é muito diferente da sua, cara! Acho que cada relação é uma relação e a gente tem de deixar acontecer, curtindo cada coisa a seu momento, sem grilos ou preconceitos. E essa é a única condição — e essencial! A sua dialética da relação é maluquice: tá bom hoje, amanhã pode ser ruim; se for, depois pode melhorar ou desandar... Que angústia da porra viver assim!

— Não é mecânico assim, companheira! Agora, deixar rolar, curtir... Se fosse assim tão fácil, já tinha rolado alguma coisa entre nós há muito tempo... — aproveitei para atacar.

— Deixa de ser presunçoso, Marcos! — Andréa respondeu, fitando-me com os seus olhos penetrantes.

— Tou mentido? — desafiei.

— Hum... No dia da passeata...

— Estar com você, Andréa, naquele dia em que fui preso foi uma emoção muito forte! — a interrompi, cravando meus olhos nos olhos dela.

— Foi uma cena cinematográfica mesmo, Marcos! Você sendo preso pelo policial à paisana e o mal-encarado do tal Kojak, gritando seu nome para que o pessoal da rua ouvisse. E eu, tremendo nas pernas, correndo pela rua dos Goitacazes para avisar que o esquema da passeata tinha furado e que você foi preso... — ela lembrou, rindo.

– Não teve nada de cinematográfico... Apenas um enfrentamento decisivo com a repressão... – reparei.

– Deixa de ser bobo, Marcos! Não estou desmerecendo a importância daquele dia... Apenas comentei que a cena foi teatral e venha me dizer que isso não é verdade: o mocinho preso e a mocinha, atônita, fugindo pra salvá-lo... – ironizou Andréa.

– Não brinca, porque enfrentei uma barra danada naquele dia! O camburão ficou circulando não sei por quanto tempo pela cidade... E depois me levaram pra sede do DOPS, na Afonso Pena, onde fiquei um tempão detido em uma sala sozinho... Toda hora passava na porta um filho da puta de um policial e jogava gás lacrimogêneo. Eu chorava sem parar, até que me chamaram pro interrogatório. Só fui sair de lá altas horas da noite...

– Desculpe, bicho! Acho que deve ter sido realmente uma barra filha da puta! Mas sempre tive vontade de te perguntar uma coisa e, me responda com sinceridade, Marcos. Você queria mesmo ser preso naquele dia, não queria?

A pergunta de Andréa me desconcertou totalmente e vacilei. Por alguns segundos eu fiquei sem saber o que responder e, para disfarçar, mastiguei, como se estivesse com a boca cheia... Com os olhos cravados em mim, ela aguardava a minha resposta, até que falei:

– Não queria ser preso, mas se fosse, sabia, com certeza, que a prisão agitaria a massa... E sabia também que seria liberado depois da passeata...

– Imaginei isso! Mas você queria ou não?

– Já havia sido preso no III ENE e foi um sufoco danado... Naquela época, em 77, qualquer coisa poderia acontecer com a gente... Mas a conjuntura política já era totalmente diferente quando fizemos a primeira manifestação de rua em 78... – comecei a responder.

– Hum... Hum... – ela murmurou.

– Naquele dia de protesto nos dez anos do assassinato do Edson Luis, a luta contra a ditadura já estava em outro estágio, na ofensiva... Então, eu avaliava que a repressão iria agir, mas não teria como manter preso quem fosse detido. No máximo, seríamos intimidados e fichados pela polícia, como aconteceu... Por isso, não tive muito temor quando me pegaram... E imaginei que a detenção poderia tornar-se mais um gancho pra mobilização nas ruas, como, de fato, ocorreu...

— Meu herói! – Andréa interrompeu, debochando.

— Puta que pariu! Não dá para conversar sério com você! – retruquei raivoso.

— Não esquenta, Marcos, estou só brincando... – ela recuou.

— Mas a verdade é que vivemos uma nova realidade política mesmo e 79 será um ano de avanços maiores ainda, pode escrever Andréa! Esse ano, nós vamos reconstruir a UNE no congresso de Salvador. E Lula e os sindicalistas do ABC já viram que não dá pra conquistar melhores salários e condições de trabalho dignas sem derrubar a sociedade de exploração, imposta pelos patrões e pelo governo deles. Após as greves, eles estão defendendo a criação de um Partido dos Trabalhadores! Um puta avanço e estamos firmes no movimento pró-PT! O AI 5 também caiu de podre e os exilados já começaram a voltar pro Brasil! Você viu os jornais da virada do ano? Um barato! Todos eles deram manchetes enormes sobre o fim do AI 5! Até guardei o *JB*... – continuei a falar com empolgação

— Tá certo, Marcos! Tá certo!... Mas vê se eu sou lá gente de ficar ligada em jornal em pleno réveillon! Me poupe dessa, bicho... Mas aqui... Tou pensando numa coisa... Vamos pro lago? Você me disse que queria conhecê-lo... Tá na hora, cara! Hoje é uma puta noite de lua cheia... Vamos lá? – ela convidou, levantando-se da cadeira e pegando-me de surpresa.

— Como?... No... lago? ... Hoje?.... – gaguejei, baratinado pelo convite à queima roupa.

— Você tem medo de escuro, cara? – Andréa gozou, dando uma risada gostosa.

— Não, não é isso...

— Então, o que é? Vamos! Levanta daí... – ela ordenou.

— É que tenho coisas pra fazer no DCE... – respondi, levantando-me da cadeira.

— Ah... Reuniões, agitação nas salas de aula, comício nas cantinas, né?

— É que temos convocar a assembleia geral pra decidir o boicote das mensalidades! Está todo mundo puto... – justifiquei.

— Todo dia você já faz isso, Marcos! Pelo menos hoje, mude um pouco o disco da vitrola, cara! Não vão arrancar nenhum pedaço de você por isso... – ela afirmou taxativa.

— Não sei não... – eu continuei vacilando.

– Vamos nessa, bicho! Deixa de ser bobo, Marcos! Você vai ver que o lugar é um barato e, hoje, a lua tá imensa, sensacional! Antes do intervalo, a gente já está de volta! Prometo!

– Será? E os vigias? – ele duvidou.

– Já saquei que à noite a vigilância é bem menor! Eu fui lá várias vezes e nunca tive problemas; só aquela vez, pela manhã... Sim, estaremos de volta antes do intervalo. Anda, cara!

Ao sairmos do restaurante, apesar da dúvida que me angustiava, acabei seguindo-a em silêncio. Pelas contas que fizemos, nós teríamos muito pouca gente para cobrir todas as salas de aula em apenas um dia e eu, incisivo, falei que ninguém poderia faltar... Agora, justamente eu não apareceria! Que desculpa iria dar, pensei, enquanto caminhava devagar, ainda hesitando.

Percebendo a minha dúvida, Andréa parou de andar e, virando-se para mim, desafiou outra vez:

– Como é que é, cara, já decidiu? Eu vou ao lago de qualquer jeito! Com você ou sem você...

– Sei lá! É que combinei com todo mundo...

– A assembleia é quarta-feira à noite, não é mesmo? Então, você tem o dia inteiro amanhã pra convocar, Marcos. Eu até te ajudo, cara... Conte comigo! Além do mais, aumento de mensalidade tem todo semestre, a inflação e a cobiça da Igreja não dão trégua! Gancho pra mobilizar a massa é que não vai faltar... – ela insistiu.

Apesar da culpa que me atormentava, balancei a cabeça afirmativamente, retomando a caminhada ao seu lado. Mais uma vez, o jeito direto e firme daquela menina deixava-me abobado, meio desarmado, sem saber o que fazer... E, na dúvida, acabei seguindo-a! Veio à mente o pensamento de que estava me deixando dominar pela porra-louquice, pela irresponsabilidade...

Hesitei, mais uma vez, mas o sentimento não durou muito e, aos poucos, fui tomado pela satisfação do inusitado desafio. A ideia de que às sete horas da noite – quando o pessoal já deveria estar começando a passar nas salas de aula – estava ali, seguindo ao lado de Andréa para o bosque, me animou e a culpa foi desaparecendo...

Atrás do RU, Andréa passou direto pelo portão trancado do bosque e seguiu rente à grade, como um gato, por entre a cerca viva e os arbustos...

Caminhei no seu encalço, mal vendo a minha frente, sem entender aonde ela me levava.

– Que porra é essa? Por onde vamos entrar, Andréa? – eu perguntei.

– Não dá bandeira, Marcos! Fala baixo, bicho! Ali na frente tem uma passagem na grade... – ela sussurrou.

Andamos mais alguns metros, até que a vi desaparecer entre as folhagens. Tateando no escuro, eu a segui e logo caminhávamos por uma pequena trilha entre as árvores, que, segundo Andréa, nos levaria ao lago.

Dominando a noite, iluminada apenas pela lua cheia, Andréa seguia em frente, revelando já conhecer bem aquele caminho. E, de repente, a energia do momento e do lugar foi tomando conta de mim; e apressei o passo para ficar ao lado dela. Procurei então a sua mão, que Andréa cedeu...

De mãos dadas, nós caminhamos juntos e em silêncio até as margens do famoso lago, onde nos deitamos para admirar uma lua cheia esplêndida... Logo, logo, estávamos transando...

DEZOITO

Sobre o 31º Congresso de recosntrução da UNE, em 79. Alexandre quase pôs a perder a viagem. Tavares comemora a aprovação da tese das eleições diretas. O congresso termina na praia.

Foram quase 24 horas de viagem de ônibus, para percorrer os mais de 1,5 mil quilômetros, desde a Faculdade de Direito da UFMG até a Faculdade de Medicina da UFBA, em Salvador, onde ficaríamos alojados. A nossa longa viagem começara dois dias antes da abertura do Congresso de Reconstrução da UNE, o 31º, no Centro de Convenções da Bahia, no Jardim Armação.

Apesar do clima de festa na nossa partida no dia 27 de maio, o *cagaço* era geral dentro do ônibus, principalmente quando víamos na estrada placas indicativas de postos da Polícia Rodoviária Federal. Nessas horas, fazíamos silêncio mortal, temendo pelo pior, que fossemos detidos e presos em barreiras montadas pelo Exército, como acontecera menos de dois anos antes, em 77, na tentativa de realização do III ENE em Belo Horizonte.

Quando saímos de Minas Gerais e enfrentamos o primeiro posto policial baiano, perto de Teixeira de Freitas, quase caguei de medo... O motorista bom de papo, seu Zé, reduziu a velocidade e pela janela vi um policial, de óculos escuros *rayban*, fazer sinal para que ele encostasse o ônibus... Ao lado do posto, vi também um caminhão do Exército, desses de transportar tropas, estacionado.

– Estamos fodidos! – exclamei em voz baixa para o Tavares, que estava sentando ao meu lado, na poltrona do corredor.

– Calma, Alexandre! Acho que é só intimidação, aposto com você, companheiro! Depois das greves operárias no 1º de maio no ABC paulista e do crescimento da luta pela anistia, esse novo general-presidente que tá aí, o Figueiredo, não têm as mínimas condições de impedir a realização do congresso da UNE. O AI 5 já caiu e até o vice-presidente do Figueiredo, Aureliano

Chaves, está defendendo a anistia... Além disso, o governador *reaça* da Bahia, Antônio Carlos Magalhães, está dando apoio ao congresso... Prova disso é que cedeu o centro de convenções pra gente... – ele tentou tranquilizar.

– É... Teve também as eleições no ano passado e a derrota da ARENA, apesar do Pacote de Abril, dos senadores biônicos... Como em 74, foi o MDB que elegeu o senador para a vaga em disputa lá em Minas... O Tancredo Neves... Isso conta também, né Tavares? Mas sei lá... Será que os militares vão deixar mesmo a gente realizar o congresso?

– Essa é a minha avaliação, companheiro! Mas isso está acontecendo não é por causa das eleições burguesas e do MDB... É o ME, o movimento pela anistia, puxado pelo CBA, e as greves operárias que estão mudando a conjuntura do país... Agora, endireite o corpo e pare de tremer que não vai nos acontecer nada...

– Mas... É que estou com um pacotinho de maconha aqui... E tem um frasco com *cheirinho da loló* na minha bolsa também... – confessei, intimidado, com um fio de voz.

– O quê? Mas não avisamos que não era pra trazer drogas, seu merda? Isso foi falado centenas de vezes pela Rita nas reuniões com os delegados na Católica e eu mesmo te falei! Se estiver errado na minha avaliação sobre a conjuntura, aí é que estamos fodidos mesmo, principalmente você, seu puto! Onde já se viu tamanha *bandeira*... – reagiu Tavares, bufando de raiva.

– Vou engolir a maconha, Tavares... Já fiz isso...

– Espera, porra! E a *loló*?

– Aí eu não sei... Esse maldito ônibus não tem nem banheiro...

Sofri exatos 15 minutos de *cagaço*, culpado e intimidado, até que o policial conferisse a documentação do seu Zé, do ônibus e a autorização para a viagem. Mas felizmente, para o meu total alívio, Tavares estava certo, pelo menos naquele posto da polícia federal, e deixaram-nos seguir sem problemas...

Nas viagens de carro e de carona que já fiz para as praias de Trancoso e Canoa Quebrada, sempre segui pela BR 101 e, logo que o seu Zé arrancou o nosso ônibus, lembrei que teríamos pela frente mais uns 700 quilômetros até Salvador, com postos da polícia em Eunápolis, Itabuna e Vitória da Conquista, pelo menos... E foi aí que a minha paranoia voltou...

– Você vai jogar fora essas merdas na nossa próxima parada, Alexandre!

Senão, vou contar pra todo mundo. E você sabe como é a Lúcia, né? Vai te colocar pra fora do ônibus!

– Pode crer, cara! Vou jogar fora sim... – prometi, encolhendo-me na poltrona.

OOO

Apesar de sermos parados em todos os postos policiais até Salvador, enfrentando a mesma lenga-lenga da conferência dos documentos do motorista, do ônibus e da tal autorização para a viagem em cada um, chegamos sãos e salvos na Medicina no início da noite de segunda-feira, onde ficaríamos alojados. Depois de fazer acampamento nas salas de aula do prédio e tomar um banho gelado no vestiário, saí para reconhecer o terreno no famoso bairro do Pelourinho.

Além de boa parte da delegação de Minas, a faculdade abrigava também delegações do Espírito Santo e do Rio de Janeiro e logo me entrosei com umas capixabas, da *Unidade*. Na conversa, juntei o *a* com o *b* e constatei que a organização do congresso, a cargo da *Caminhando*, nos colocara no prédio dos reformistas, provavelmente a pedido da Lúcia, a chefe do nosso ônibus.

– É coincidência, camarada Tavares! – ela mentiu, quando fui tomar satisfação.

– Me engana que eu gosto! – respondi, mas, sinceramente, eu estava pouco preocupado com isso; uma das capixabas, Marcela, uma filha de italianos de olhos verdes incríveis, cujas franjas do cabelo escuro bem comportado insistiam em esconder, era de parar o trânsito e tinha caído na minha...

Dez mil pessoas, entre as quais 2,5 mil delegados de faculdades de todo o país, se espremiam no dia seguinte à noite no recém-inaugurado Centro de Convenções da Bahia, na abertura do 31º congresso, que re-fundaria a UNE, proscrita 15 anos antes pela ditadura. Embora as delegações de cada tendência ficassem sempre juntas, consegui escapulir da minha bancada e assisti a abertura ao lado da bela Marcela, já de mãos dadas...

Na mesa da solenidade de abertura do congresso, ex-presidentes da UNE, entre os quais José Serra e Vinicius Caldeira Brant, dirigentes do CBA e dos maiores DCEs do país, se revezavam em discursos inflamados, interrompidos de quando em quando pelas ovações e pelos gritos "a UNE somos nós, nossa força e nossa voz"... E ao centro da mesa uma cadeira vazia lembrava o último presidente da UNE, Honestino Guimarães, assassinado pela ditadura em 71...

Nem mesmo as ameaças de repressão e de atentados dos extremistas da direita e do CCC e o apagão das luzes do Centro de Convenções nos intimidavam... A cada leitura de moções de apoio ao nosso congresso, como dos banidos e exilados políticos, entre os quais Miguel Arraes e Leonel Brizola, e do escritor Jorge Amado, a enorme plenária vinha abaixo... E de quando em quando, a massa gritava, em transe, "Honestino Guimarães!... Presente! Honestino Guimarães! Presente!", quando os oradores apontavam a cadeira da presidência da UNE vazia.

– Puta que pariu, que emoção fodida! – sussurrei no ouvido da Marcela, com o corpo todo arrepiado.

– É um momento histórico! Um privilégio nosso estar aqui, camarada Tavares! – ela concordou, apertando a minha mão com força.

Naquela noite, após a festa de abertura, fomos até o Pelourinho, onde farreamos madrugada a dentro... Driblando mais uma vez a minha delegação, arrumei um jeito de ficar com a Marcela e nós dois voltamos sozinhos pro alojamento na Medicina... Conversa vai conversa vem, e na falta de um lugar mais apropriado, acabamos transando, meio bêbados, na grama, em um barranco atrás do prédio, mas que estava ensopada pelo orvalho da noite.

Uma transa e tanto, mas que acabou com nós dois enlameados, dos pés a cabeça... Sem outra alternativa, tivemos que nos separar ali mesmo e cada um foi para a sua sala, mas quando entrei na minha tomei um enorme susto... Alguém acendeu a luz! Os filhos da puta me esperavam...

– Transando na lama, companheiro Tavares! – gozou Alexandre, levantando-se do colchonete.

– E o pior de tudo, com uma reformista do partidão! Vê se pode, comendo uma inimiga!... – debochou Marcos, que estava acampado com a Rita ao lado de Alexandre na sala.

– Quê isso, companheiros! Foi só um sarro... – respondi aturdido, todo sujo e com o dorso nu, as mãos ocupadas pela camisa molhada e suja que eu carregava.

– Que sarro que nada, bicho... A sala inteira assistiu de camarote! Que trepada pública, hein Tavares? – Alexandre continuou, tirando-me do sério.

– Vão pra a puta que os pariu vocês todos! – gritei, saindo correndo pro vestiário, em meio às gargalhadas dos dois e dos outros delegados. Com ódio, tive vontade de devolver a gozação do Marcos, lembrando-lhe, em alto e bom som, que estavam ali no congresso a Rita e a Andréa. Ele que se cuidasse! Mas me contive...

O certo é que o caso com a capixaba no congresso terminou ali, comicamente, e me concentrei daí em diante nos grupos de trabalho e nas plenárias, sempre junto com a minha delegação. E o pau comeria solto!

No grupo mais concorrido, o da discussão da forma de eleições da UNE, coube a mim defender, pela nossa tendência na Católica, a escolha da diretoria pelo voto direto e secreto de todos os estudantes do país. Como acontecera no Congresso de Reconstrução da UEE-MG em Ouro Preto e nas assembleias para a escolha dos delegados de cada faculdade para o congresso da UNE, a forma de eleições da diretoria abriria outra vez uma verdadeira guerra no enorme grupo, onde não faltaram manobras e tentativas de conchavo, para impedir ou protelar a votação.

– "UNE pela base, diretoria agora é um puta pacotão"... – reagíamos, gritando a plenos pulmões, quando alguém defendia a eleição indireta da diretoria no congresso de Salvador.

Mas com o apoio dos trotskistas da *Libelu*, da *Peleia*, da *Centelha* e da tendência *Novo Rumo*, da Liga Operária, e da maioria do pessoal da velha *Refazendo*, nossa tese passou no grupo com ampla maioria, derrotando a dos stalinistas da *Unidade* e do pessoal da *Caminhando*, que propunha as eleições da diretoria da UNE no congresso. E como ocorrera em Minas na discussão sobre as eleições para a UEE em Ouro Preto, também em Salvador eles tiveram de enfiar a viola dentro do saco...

– Uma vitória fundamental, não só para os estudantes, mas para todos os trabalhadores do Brasil! Exemplo para um povo que teve o direito de eleger o seu presidente pelo voto direto cassado e roubado pela ditadura militar em 64! Agora, o nosso desafio será montar uma chapa combativa, para disputar e ganhar as primeiras eleições diretas para a diretoria da UNE que foram propostas no nosso grupo pra outubro! Se a esquerda revolucionária se unir, vamos vencer as eleições! – discursei exultante em nossa plenária, durante um improvisado almoço sentado no chão; se é que um marmitex frio e intragável, que mal dava para engolir e que deixou muita gente de caganeira, pudesse ter o nome de almoço...

Outra importante vitória nós comemoraríamos no final da tarde daquele dia, com a aprovação, em outro grupo, da nossa tese de que a UNE deveria ter como um dos eixos da sua Carta de Princípios a luta contra todas as formas de exploração e opressão e a solidariedade aos trabalhadores de todo mundo! Na verdade, queríamos mais, que a UNE se engajasse no apoio à construção de um Partido dos Trabalhadores, cuja proposta fora lançada pelos sindicalistas combativos no 1º de maio, em São Bernardo do Campo. Mais aí os trotskistas se dividiram e tivemos de recuar, garantindo, porém, como princípio da carta da UNE o compromisso de lutar por uma sociedade sem exploradores e opressores; enfim, socialista e internacionalista!

– Companheiros, embora não tenhamos conseguido tudo que queríamos aqui, tivemos uma grande vitória hoje, pois as correntes majoritárias não conseguiram controlar as delegações... A base se rebelou... Isso mostra como a luta revolucionária é dialética, resultado de um processo desigual e combinado! E mostra também a correção das nossas teses! Além da eleição direta da diretoria, o sétimo artigo da Carta de Princípios aponta claramente que *"a UNE deve lutar contra toda forma de opressão e exploração, prestando irrestrita solidariedade à luta dos trabalhadores de todo o mundo"*... – comemorou Suely sob aplausos e gritos na nossa plenária, depois do encerramento do segundo exaustivo dia de trabalho.

Então, voltamos para o Pelourinho tarde da noite e caímos na farra outra vez até a madrugada, porque ninguém é de ferro... Em um dos bares, que, como todos os outros, estava apinhado de estudantes de todo o país, vi Marcela e babei!

Mas resisti, não sei como...

OOO

Se nos grupos o *pau* já tinha comido solto, na plenária final o *cacete* seria ainda maior. Pelas minhas contas, enfrentamos quase vinte horas de plenária, tirando os intervalos para o arremedo de almoço e janta... A mais longa plenária que já havia participado em toda a minha militância no ME! E teve de tudo: discussões, debates, questões de ordem, moções, teses, encaminhamentos, conchavos, manobras, votações anuladas, gritos, palavras de ordem, ovações, vaias e até mesmo ameaças de pancadaria... Um longo dia de cansaço e desgaste, infernais, mas recompensados às seis horas da manhã de quinta-feira: apesar da ditadura, havíamos reconstruído a UNE e agora o novo desafio era a eleição em outubro, pelo voto direto e secreto, da sua nova diretoria, aprovada pela plenária final do congresso!

— Mesmo minoritária, nossa corrente é a grande vencedora, Tavares! As teses que defendemos, e foram aprovadas, garantem que a perspectiva revolucionária vai orientar, daqui pra frente, a luta dos estudantes brasileiros. O Movimento Estudantil, ao lado dos trabalhadores e dos oprimidos de todo o mundo! – afirmou Marcos com a voz rouca de tanto gritar, quando descíamos a avenida em direção à praia, juntamente com a Rita, a Andréa, o Alexandre, a Tânia, a gaúcha Sônia e um grupo de companheiros.

De repente, vimos que, como nós, centenas de outros estudantes caminhavam também para o mar, como se celebrássemos assim a UNE, que renascia com uma passeata espontânea! E aos poucos, mais e mais estudantes se juntavam a nós na avenida, engrossando a improvisada passeata. Quando chegamos à praia, éramos já uma enorme multidão, cansada, descontraída, vitoriosa e emocionada...

— Nada como ver o sol nascendo no mar, bem devagarzinho... E num dia bonito como esse! – Andréa disse maravilhada, caminhando até as águas salgadas e frias, onde entrou de roupa e tudo.

E nós a seguimos...

A UNE SOMOS NÓS, NOSSA FORÇA É NOSSA VOZ!

DEZENOVE

Sobre perspectivas após a militância no ME. Em crise existencial, Carolina se prepara para formar. Alcides decide se engajar na luta dos sandinistas na Nicarágua.

De repente, estava eu ali, prostrada e angustiada, sem saber o que fazer, a não ser esperar, aguardar, esperar, aguardar... Colaria grau em junho e havia a quase certeza de um emprego depois, mas esse era o meu destino? Era o que queria mesmo? E o que fazer com tantas experiências acumuladas, vividas tão intensamente no ME?

Tentei debelar a terrível *deprê*, lembrando que fora eu que escolhera aquele caminho, ao decidir terminar o curso. Na verdade, a ideia viera à minha cabeça no meio de 78 e eu resolvi fazer um montão de matérias, visto que levava a faculdade meio *nas coxas*, por causa das tarefas no ME, mas nem sempre por isso, diga-se a verdade. Com ajuda de um professor aqui, outro acolá, deu tudo certo e consegui recuperar o atraso... Mas agora, às vésperas da formatura, a dúvida sobre se agira certo e a angústia sobre qual seria o meu futuro gritavam mais alto.

Quando a nossa família dizia que a universidade e o ME seriam passageiros, que depois de formadas a gente ia ter de se adaptar ao trabalho e à realidade, Rita reagia com indignação e eu a acompanhava mais puta ainda. Agora, entretanto, sentia-me impotente, presa ao círculo vicioso daquela fatalidade histórica...

– Que merda! – murmurei, felizmente animando-me em seguida com as lembranças do ME. Eu vivera intensos momentos, dias a fio e noites adentro nos últimos dois anos, em que a participação política tornara-se inesgotável fonte de emoção, felicidade e prazer! E era bom constatar que, apesar dos meus medos, aquelas experiências foram vitais pra minha formação pessoal e política e delas eu recordaria com saudades, para sempre...

Mas nem tudo foi bom, pensei também. *Neuras* se manifestaram e se consolidaram... Amarguei muitos momentos ruins, dominada pelo complexo de inferioridade, oprimida e apagada pelas luzes ofuscantes que irradiavam da prima Rita... O mesmo poderia dizer de algumas paqueras e amores... No último ano, entregara-me com todas as forças ao Tavares. E, ao final, sobrou apenas uma amarga decepção, resultado de uma sequência interminável de mentiras e desencontros.

– Gata! Gosto de você pra caralho, mas esse negócio, tradicional e pequeno-burguês, de namoro, noivado e casamento, não tem nada a ver comigo! Se for para ficar junto um dia, só como Sartre e Simone de Beauvoir... Cada qual no seu canto e com total liberdade, certo? – ele perguntava; cheio de casos com meninas por toda a universidade, como Rita me advertia, mas eu não acreditava.

– Carolina, a careta, a bobinha... Carolina, a burguesinha...

Até que um dia eu resolvi chutar o balde de uma vez só! Do Tavares, procurei distância, desconversei, dizia que não podia, fugi... E só depois de muita insistência da Rita, topei ser delegada ao congresso da UNE, mas depois de eleita pensei, pensei, afastei a culpa e decidi simplesmente não ir...

– Como não vai? Você concordou comigo em se candidatar como delegada! E eu fiz tudo pra você ser eleita, Carolina... Garanto que é medo! Mas isso a gente supera. Relaxa, prima... – Rita tentou me demover, quando disse a ela que não iria a Salvador.

– Você me conhece e sabe que morro de medo da repressão mesmo... Mas não é por isso agora, juro, Rita!

– Então, que grilo é esse, companheira? – ela cobrou.

– Tou ralando pra me formar no meio do ano e nunca escondi de você que estava a fim de sair do ME! Não vou mais ficar adiando! E não tem nenhum sentido também ir a esse congresso em maio se saio da faculdade um mês depois, Rita...

– Qual o problema?... No fundo é medo seu sim! Uma falta de compromisso fodido com a gente! – ela rebateu indignada.

– Não se preocupe quanto a isso, Rita... A minha suplente é a Andréa, da nossa posição. E ela tá louca pra ir ao congresso...

– Claro que sei disso, mas não muda nada; estava contando que você fosse comigo pra Salvador! Porra, Carolina, mande pra merda esse seu medo pequeno-burguês... Vamos pro congresso! – ela tentou ordenar.

– Lamento, mas não vou, prima. E te garanto que não é o medo do que pode acontecer... Mas joia... Pode pensar o que você quiser... – respondi convicta, dando de ombros.

Mas agora, eu estava ali sozinha no meu quarto, perdida... Carolina, coitada da Carolina, estendida sobre a cama, apenas esperando e esperando; quem sabe uma chamada naquele telefone alugado, que a salvasse da depressão, lamentei.

OOO

Deixei-me ficar prostrada, de olhos fitos no telefone cinza, silencioso e mudo. Mais um final de semana inútil e sem brilho, com a *deprê* rotineira. Acordei tarde, depois de varar a madrugada assistindo todos os filmes na TV, até o último Corujão, e, correndo, saí para o almoço na casa da minha tia, como fazia todos os sábados... Almocei depressa e voltei correndo pra casa, imaginando que alguém – talvez a Rita, voltando de Salvador – pudesse ter me ligado quando eu não estava...

Mas o telefone continuou mudo e, ansiosa, tentei folhear o jornal *Em Tempo*, mas não consegui. Então, resolvi relaxar, decidida apenas a esperar e pensar, como sempre... Seria mais um fim de semana sozinha, em crise existencial, aguardando um improvável chamado de alguém. Carolina, a solitária...

Virando-me sobre a cama, passei as mãos pelos meus seios sem querer e, de repente, uma preguiçosa excitação foi crescendo, arrepiando os meus cabelos, intumescendo os meus mamilos... Dos seios, as mãos irrequietas desceram em direção ao meu ventre, vagarosamente, e, aos poucos, fui me esquecendo de tudo, em desejos e carícias... Esquecendo lentamente da solidão, da depressão, do desânimo, da angústia, da culpa...

Fechei os olhos e o suave movimento dos meus dedos parecia até provocado por outras mãos... Abri então as pernas, para permitir que eles, sorrateiros, acariciassem sobre a calcinha a minha vagina umedecida. Em poucos segundos eu estava toda molhada e, em um ímpeto de excitação, tirei a calcinha, me masturbando lentamente primeiro, depois com sofreguidão...

Percorri com a outra mão o meu corpo arrepiado até um dos seios, levantei a camiseta, quase a rasgando, e apertei com os dedos o mamilo até quase doer, esquecida na onda de prazer e gozo que me inundava... Gozei uma, duas vezes! Carolina, a safada, a gostosinha...

Quase refeita do transe, ouvi o telefone tocar e corri pelada e ainda toda melada pra atendê-lo na sala.

– Alô?... Quem está falando? É a Carolina? – uma voz estranha perguntou.

– É... Sim... É a Carolina... – gaguejei.

– Sabe quem está falando?

– Espera aí... Não, não sei... – confessei.

– Gata, não é possível que você não saiba quem é! Quem fala é o seu fã número um! Da Católica... Reconhece agora?

– Desculpe, mas não deu pra reconhecer ainda... Por favor, diga logo quem é, porque se não eu vou desligar... – ameacei.

– Calma! Não precisa ficar brava Carolina... – e a voz silenciou.

– Vou desligar então!

– Porra, não desliga! É o Alcides, companheira!

– Uai... Mas você não estava no congresso da UNE, Alcides? Já voltou? – eu perguntei surpresa.

– Não, Carolina, acabou que eu não fui a Salvador. Estava em São Paulo...

– É mesmo? Você não ir ao congresso de re-fundação da UNE... Que loucura é essa?

– Fiquei puto, mas não deu mesmo pra ir! Tive de ir a São Paulo resolver umas coisas. Nem te conto...

– Fiquei curiosa... – disse.

– Não dá pra falar por telefone, companheira. Só pessoalmente...

– Fiquei mais curiosa ainda... – confessei.

– Então, vamos encontrar? – ele perguntou.

– Bicho, eu não sei se vai dar. Tenho umas coisas pra fazer hoje...

– Mas é sábado... Carolina.

– É que tenho de estudar. Vou formar no meio do ano... – disse uma meia mentira.

– Tô sabendo, a Rita me contou... Também vou sair da universidade...

– Você vai se formar também? Uai, não acredito, Alcides...
– Não... Não vou formar! Vou trancar a matrícula... – ele respondeu.
– Agora você me surpreendeu de vez... – falei.
– Então, vamos nos encontrar. Quero te ver e aí conto tudo!
– Não sei se vai dar...
– Deixa de cu doce, Carolina! Vamos nos encontrar, companheira!
– Tá bom! Tá bom! Vamos lá então. – aceitei.

Marcamos de nos encontrar às sete horas da noite no Maleta e fui direto para o banheiro, disposta a tomar um gostoso e relaxante banho frio antes de sair. Em frente ao espelho, me deparei com o meu corpo nu, os seios empinados, os mamilos ainda duros e convidativos... E não contive as mãos, apertando-os, descendo-as pelas minhas ancas até a vagina novamente, ainda molhada... Sentei-me, então, sobre o bidê, com as pernas abertas, e me masturbei outra vez, absolutamente envolvida naquele momento de prazer, até o orgasmo, sem culpa...

OOO

– Tô boba! Você ficou louco, Alcides?
– Doido por quê? Só por que decidi ir pra Nicarágua, pra dar a força que posso aos camaradas da Frente Sandinista de Libertação Nacional no processo revolucionário? As armas e o dinheiro do imperialismo norte-americano não estão adiantando nada e a ditadura de Somoza está com os dias contados... É um desafio histórico para a construção do socialismo na América Latina e todo militante revolucionário tem a obrigação de ajudar... O internacionalismo é o cimento do socialismo... Como disseram Marx e Engels no Manifesto Comunista, *"Trabalhadores do mundo, uni-vos"*... Então, não tem nada de doideira ir pra Nicarágua nesse momento histórico, Carolina! – ele rebateu falando baixinho, depois que conseguimos uma mesa livre na Cantina do Lucas.

– Sei... Mas vocês vão pegar em armas? – perguntei assustada, quase caindo da cadeira...

– Esse não é o objetivo, Carolina... Discutimos isso em São Paulo e o nosso projeto é ajudar na construção do governo socialista, pois a ditadura sanguinária de Somoza não está deixando pedra sobre pedra na Nicarágua.

A Guarda Nacional tá botando pra quebrar, matando camponeses inocentes e devastando tudo, no campo e na cidade, bem como os grupos paramilitares, os contra, que são financiados pelos Estados Unidos...

– Tem mais gente indo com você?...

– Isso é sigiloso! Desculpe, Carolina, mas não posso falar, por questão de extrema segurança. Mas comigo estão indo alguns companheiros também voluntários de outros estados; é o que posso contar... Vamos nessa, Carolina? Vamos pra Nicarágua? – ele brincou.

– Ir com vocês pra Nicarágua? Quem sou eu, Alcides... Mas fique tranquilo quanto ao sigilo... Não vou falar nem pra Rita. Mas... Quando vocês viajarão?

– Companheira, isso é questão de segurança também... Talvez no meio do ano... – ele desconversou.

– E qual será a tarefa de vocês lá?

– Como te disse, Carolina, o país está totalmente aniquilado; a direita e os contras estão deixando a terra arrasada! Então, cada um de nós vai trabalhar em sua área, ajudando a FSLN a reconstruir a Nicarágua...

– Mas e se Somoza não tiver caído quando vocês forem? Vão enfrentar a guarda nacional e os contras... – eu o interrompi, alarmada.

– É uma possibilidade que não pode ser descartada... Mas a gente tá se preparando mesmo é para trabalhar na organização e no planejamento de programas do governo, nas áreas de engenharia, saúde, educação, economia, assistência social, comunicação e tudo o mais... No que precisarem... Tem gente de todas as áreas e eles vão precisar de todos nós... Agora, se não tiver jeito e a ditadura de Somoza ainda estiver de pé, paciência! Estamos sendo preparados pro que der e vier... – Alcides afirmou, sem demonstrar preocupação.

– Mas você sabe pelo menos manejar uma arma, Alcides? – eu insisti ressabiada.

– Ainda não sei não... Mas estou aprendendo... Vamos comigo pra Nicarágua, Carolina? Vamos, gata?

VINTE

Sobre o Partido dos Trabalhadores e as organizações de esquerda. Robertão consulta o I Ching, o "Livro das Mutações", para decidir o seu futuro político e se envergonha.

Tendo me desligado da *Refazendo*, em um processo sofrido, depois de anos de militância, estava agora diante do desafio de traçar o meu próprio caminho político. Meses antes do 31º Congresso da UNE, já matutava deixar a APML e vinha me debruçando na análise das posições de cada uma das organizações, mas não me identifiquei com nenhuma delas e muito menos com as suas avaliações sobre as perspectivas do ME e da revolução no Brasil. A Suely definia o momento como de refluxo do ME e de ascenção do MO. Avaliava que, depois de 77, o descenso do ME seria previsível...

Entretanto, com a explosão das greves operárias em 78 e 79 e com a reconstrução da UNE, Suely insistia que o refluxo do ME poderia ser superado, se a chapa vencedora nas eleições diretas da diretoria fosse de orientação claramente revolucionária... Embora não dissesse isso com todas as palavras, ela queria uma diretoria da UNE sob a total hegemonia trotskista, é claro, pensei, acendendo um cigarro.

– Robertão, o ME atravessa uma crise de crescimento! Mas para superá-la, precisamos de uma direção revolucionária, que não caia no canto da sereia da conciliação burguesa e que seja capaz de vincular a luta universitária a um projeto socialista e democrático para a sociedade brasileira. Sem uma direção revolucionária, companheiro, não tem saída! – ela insistia comigo antes do congresso, defendendo a tese de que a UNE deveria apoiar a construção do Partido dos Trabalhadores.

O PT afirma o seu compromisso com a democracia plena, exercida diretamente pelas massas, pois não há socialismo sem democracia e nem democracia sem socialismo, reli mais uma vez a carta do partido, lançada no Primeiro de Maio de 79 pelos sindicalistas e intelectuais no ABC.

Dei uma tragada e ajeitei-me no sofá, disposto a concentrar-me novamente no documento do PT. Mas a disposição logo passou, pois aos poucos eu já estava às voltas com a análise dos caminhos propostos pelas tendências pro ME, pós-reconstrução da UNE. O congresso da UNE foi a gota d'água para o meu rompimento com a *Refazendo*, por discordar da tese de apoio da UNE à criação de um partido policlassista e popular. Mas também não apoiei a proposta de apoio ao PT, argumentando que a UNE deveria ser independente, apartidária; não se vincular a partidos...

Olhei para o pôster desbotado de Che Guevara na parede desbotada da sala da república e me veio a dúvida se minha posição não tinha sido em cima do muro, murista demais, uma escapatória pro meu dilema sobre a questão do partido e da direção revolucionária... Talvez, refleti, embora no fundo estivesse convencido de que era simplista reduzir o problema do ME e da revolução socialista brasileira a uma questão de direção.

— Sempre o problema da direção... — murmurei, lembrando-me dos *posadistas*, para quem o caminho da revolução socialista mundial será encurtado pelo contato e aliança de grupos revolucionários com seres de outros planetas!

— As viagens em naves espaciais exigem tecnologias sofisticadas, só possíveis em uma sociedade muito mais avançada do que a nossa... E essa sociedade avançada, capaz de empreender viagens intergaláxias, só pode ser socialista, Robertão! Enfim, uma civilização em que o modo de produção já está livre das amarras das relações de trabalho e de exploração do homem pelo homem, do capitalismo... — tentou me convencer no congresso da UNE um companheiro da UNB, partidário do teórico trotskista J. Posadas.

Mas a recordação daquela tese dos *posadistas*, pra lá de esquisita, demorou segundos e logo estava de volta aos meus botões. Definitivamente, eu descartava as soluções da direção revolucionária e do Programa de Transição da *Kombi* trotskista, dividida desde o racha da IV Internacional em 1952 entre a OSI de Pierre Lambert, o SU de Ernest Mandel, a LO de Nahuel Moreno e os *posadistas*.

Embora concordasse com a defesa que o MEP fazia de um programa socialista para a revolução brasileira e do trabalho de base que os companheiros estavam realizando no movimento operário e popular, sempre combati a visão economicista e o sectarismo da organização, Fernando à frente. Soube até que ele seria transferido para o movimento operário no processo de proletarização dos quadros estudantis, mas a minha questão com o MEP não tinha nada de pessoal, com o Fernando, e já tinha trombado com os seus dirigentes nas discussões sobre a criação do *Em Tempo*, em 77. Agora, eles haviam lançado o seu próprio jornal, *O Companheiro*...

Muito menos a *Unidade*, a *Caminhando* ou o pessoal do MR 8 eram alternativas pra mim... Em 76, o principal motivo que me levara à APML fora exatamente a crítica ao etapismo; primeiro a democracia burguesa, depois a revolução socialista... Até que concordava com uma das avaliações dos reformistas do PCB sobre a crise do ME, de que a excessiva politização dos debates com a massa fora uma das principais causas do esvaziamento.

Lembrei-me então do Fernando outra vez... Em um desses excessos de radicalização, ele discursara sobre uma mesa no RU contra a péssima qualidade da comida, tentando vincular o problema do bandejão à luta contra a política educacional do governo e pelo ensino público e gratuito. E Fernando terminou a fala em grande estilo naquele dia, discursando que em um governo dos trabalhadores aquilo não aconteceria...

De fato, a politização e a disputa entre as tendências tinham mesmo afastado os estudantes do ME, constatei. Mas daí cair no conto do vigário dos reformistas, de que os trabalhadores não estavam ainda preparados para assumir a luta pelo poder e de que a esquerda devia somar forças com a oposição burguesa na frente ampla pela redemocratização, eram outros quinhentos...

Do meu grupo, Aurélio fora um dos que caíra nessa velha cantilena stalinista. Em nossas discussões sobre as perspectivas da *Refazendo*, ele passou a defender que a estrutura econômica do país ainda tinha traços predominantemente agrários, cabendo à burguesia nacional progressista liderar o ciclo da revolução democrática, Ulysses Guimarães à frente. Então, e só após esse ciclo, estaria colocada na ordem do dia a luta pelo socialismo, ele dizia. Acusei-o de estar aderindo ao reformismo do MR 8, como de fato ocorreu depois, e nós rachamos feio. Até hoje, mal e mal nos cumprimentamos...

Descartando todas estas alternativas, estava mesmo sem saída! Ansioso, acendi outro cigarro, angustiado pela dúvida sobre qual seria o meu caminho nisso tudo e por onde deveria seguir... Instintivamente, voltei a ler a carta dos sindicalistas do ABC:

> *Um partido que almeja uma sociedade socialista e democrática tem que ser, ele próprio, democrático nas relações que se estabelecem em seu interior. Assim, o PT se constituirá respeitando o direito das minorias de expressarem os seus pontos de vista. Respeitará o direito às frações e às tendências...*

– Mas permitir isso não será uma forma de fechar os olhos ao aparelhamento e ao entrismo das organizações de esquerda no partido? Não é virar uma nova frente de esquerdas? Não é começar mal um partido que se propõe a ser construído de baixo pra cima, por meio dos núcleos de base e das massas? – eu me interroguei.

Mordi um pedaço de palito de fósforo, esfreguei os olhos com força, na tentativa de extravasar a minha ansiedade. Sem dúvida, a criação de um Partido dos Trabalhadores, independente e sem patrões, organizado pela base, era uma proposta revolucionária, que possibilitaria a união da teoria à prática, dos intelectuais às lideranças operárias do novo sindicalismo e aos movimentos populares e às CEBs. Representava ainda um avanço fundamental para as esquerdas, ao rejeitar o modelo soviético ultrapassado, falido e antidemocrático, da URSS, e ao representar uma alternativa à pregação trotskista...

Mas aquilo de permitir a formação de tendências dentro do PT não me cheirava bem e poderia levar à mesma disputa pelo poder que enfraquecera o ME e repartira a imprensa alternativa em uma série de jornais de propaganda partidária, cada organização com o seu... Ou será que eu estava tendo uma recaída leninista?

OOO

– Pô, mas que merda, Robertão! Você está mesmo é regredindo! Não passa de um bosta, incapaz de tomar uma decisão política racional e consciente... – falei baixinho, ao surpreender-me em frente à estante da sala, procurando o *Livro das Mutações*, o I Ching, que há anos não consultava.

Aplicado pelo Cláudio, o eterno *bicho-grilo* da FAFICH, o oráculo chinês fora o meu companheiro em decisões importantes logo depois que entrei na universidade. Durante as consultas, meditava e cheguei à sofisticação de utilizar o complicado esquema das varetas de bambu para sortear as linhas de cada hexagrama, entre os 64 do livro. Ficava durante horas no meu quarto, absorto, com as pernas cruzadas, em meditação, manuseando as varetas de mão em mão, até encontrar as seis linhas divisas ou indivisas que formam os hexagramas – dois ou um, dependendo da jogada. Mas aí comecei a participar do ME e logo abominei aquela superstição pequeno-burguesa...

Contudo, a curiosidade sobre o que o I Ching teria a dizer sobre o meu futuro político foi mais forte, vencendo as minhas resistências e preconceitos. E, afoito, procurava o livro sem encontrá-lo... Temi tê-lo jogado fora, até que o encontrei bem escondido na estante, vermelhinho, em meio a um monte de livros velhos.

Com o I Ching e as três moedas nas mãos, ainda hesitei em iniciar a consulta... Quem diria, Robertão, o líder de todas as horas e o orador das massas estudantis perseguido pelo regime militar, miseravelmente debruçado sobre um livro oracular oriental, procurando ajuda para descobrir o seu futuro político...

Mas a sensação de ridículo foi breve, como tudo naquele estranho dia, e esfreguei as moedinhas, para energizá-las, enquanto buscava formular a pergunta. Fechei os olhos, novamente sentado na cama, enquanto na minha mente sucediam os mais dispersos pensamentos, até que me fixei em um.

Sentindo-me então preparado e seguro, iniciei a consulta ao oráculo, lançando as três moedinhas devagarzinho, seis vezes consecutivas, até formar um único hexagrama, o de número 33, Tun, "Céu sobre montanha"; caso raro em minhas consultas no passado. Então, abri o livro na página indicada e li a sentença:

"Tun indica progresso e sucesso. Será até certo ponto vantajoso ser firme e correto", surpreendendo-me em seguida com o oráculo:

Retirada, retorno, regressão, concessão...

Fixei o pensamento no "até certo ponto" da sentença e na previsão, "retirada", lendo abaixo *"nada regride eternamente. Portanto, a Tun segue-se Ta Juang"*. Apreensivo com a entrada do oráculo, passei a ler pausadamente cada linha das minhas seis jogadas. Na primeira, I Ching aconselhava cautela, indicando a minha situação como de perigo. Continuei a leitura e novamente voltei a me assustar, ao ver a definição de uma pessoa, na segunda linha, presa a uma forte correia de couro, sem poder se movimentar...

Parei a leitura pra meditar, enquanto retomava forças para enfrentar a terceira linha. Mas ela também indicava uma pessoa paralisada, retirada amarrada, sendo que a *boa fortuna* adviria se os seus captores fossem bem tratados, *"como a uma concubina"*. Ainda mais assustado com as previsões das linhas, mergulhei na leitura das duas seguintes e que também indicavam uma pessoa em retirada. A última, porém, parecia mostrar uma luz no fim do túnel, apresentando uma pessoa em retirada nobre, de maneira admirável, e *isto será de todos os modos vantajoso...*

Fechei o livro e deitei-me na cama, disposto a decifrar os sentidos do oráculo. Incrível, mas o I Ching indicava o momento de impasse que vivia, refleti admirado, enquanto rememorava cada linha. E a retirada se daria em fases distintas: primeiro, em posição de perigo, sem poder fazer movimentos, a não ser amarrado. Isto deveria significar a resistência natural à mudança, conclui, acendendo outro cigarro. Com a cabeça apoiada no travesseiro, soltei uma baforada de fumaça, lembrando que o oráculo me aconselhava, nesse caso, a tratar bem os meus captores, os meus captores...

– Só pode ser retornar às minhas posições claras e firmes em 77 e 78, quando ainda estava com a Suely, a minha concubina! – exclamei animado, levantando-me da cama.

– Mas será isso? E seria na construção do PT?...

De repente, uma sensação de que tinha perdido o juízo dominou-me por inteiro... E ela veio acompanhada de uma repulsa pelo vexame de estar ali, naquela tarde, consultando um oráculo milenar chinês, perdido e sem rumo! Corri para o banheiro, com a cabeça martelada pelas palavras *retirada, retorno, regressão, concessão...*

Em frente ao espelho, fixei o meu semblante: os olhos fundos, os cabelos desalinhados e a barba por fazer... O rosto desbotado de quem há muito não vê o sol... À lembrança da última linha do hexagrama, da nobre retirada, *de todos os modos vantajoso*, vislumbrei um brilho no fundo opaco dos meus olhos... Talvez confirmasse o meu acerto em deixar a *Refazendo...*

Mas, então, discursei pra mim mesmo, com os olhos fitos nos meus olhos no espelho, em um decidido esforço pra retomar a razão:

POR UM PARTIDO SEM PATRÕES!

— Alerta, Robertão, deixe de bobagem e de indecisão... Chega de superstição! A análise dialética de fatos objetivos é que permite que um revolucionário tome a melhor decisão. Desça do muro, chega de dilema! Com toda a sua experiência, depois de anos e anos de luta, é um absurdo imaginar que um livro, escrito há mais de dois mil anos, pode te indicar um caminho. Somente uma avaliação precisa e clara da conjuntura pode apontá-lo. Ponha a cabeça pra pensar! Seja racional! Decida! E lute! – quase gritei, enfiando-me em seguida sob o chuveiro.

Com o corpo molhado, saí do banheiro e vesti a primeira roupa que vi no armário, de qualquer jeito. Coloquei então de volta o livro na estante e sai de casa, para aproveitar enquanto o dia ainda estava claro. Daria uma volta pelo centro da cidade até a noite chegar e seguiria depois pro velho Maleta. Em algum bar, certamente encontraria alguém pra tomar umas cervejas e jogar conversa fora...

Quase caí de costas quando cheguei ao bar Lua Cheia e vi a Lúcia e o Conde sentados em uma mesa, conversando; ela, que não era da noite, com o seu inseparável Grapette e ele com um copo de cerveja na mão. A cena era histórica, uma stalinista e um trotskista sozinhos, juntos em uma mesma mesa de bar! Nem no fim dos tempos e do mundo ela se repetirá outra vez, pensei divertido, caminhando até os dois. Eu não perderia mesmo aquilo por nada deste mundo...

— Depois da derrota no Vietnã e do Watergate, o imperialismo norte-americano entrou em um ciclo terminal de decadência... Sem retorno! E os seus vassalos estão se fodendo em todas as partes do mundo. O Xá Reza Pahlavi caiu de podre no Irã. E a ditadura de Somoza também foi pro brejo na Nicarágua. O mesmo vai acontecer com os militares aqui no Brasil, na Argentina, no Chile... Anote aí, camarada Lúcia! A revolução socialista está se espalhando pelo mundo. É um processo permanente e irreversível. – ouvi o Conde falar quando cheguei à mesa.

— Tudo bem, Robertão? Sente-se aí... Mas que revolução socialista que nada, Conde! Quem tomou o poder no Irã foi um religioso fanático, xiita, o aiatolá Khomeini. No Brasil, a etapa atual da nossa luta é pela liberdade e pela democracia... E se o governo militar tá recuando é por causa do crescimento da oposição democrática. O AI 5 caiu e o próprio general Figueiredo já mandou pro Congresso Nacional um projeto de Lei da Anistia. Centenas de exilados poderão voltar pro Brasil e vão fortalecer ainda mais a luta pela redemocratização. O Luiz Carlos Prestes... – Lúcia continuou falando, enquanto eu sentava.

– Uma anistia manca, consentida pela ditadura, que protege os militares e torturadores e exclui todos os companheiros banidos do país! Nessa não caio, Lúcia! Por nada nesse mundo! – Conde a interrompeu agitado.

– O problema de vocês da *Libelu* é que não entendem que a luta se dá por etapas. É um primeiro passo... – Lúcia começou a rebater.

– E a proposta do PT? O bipartidarismo imposto, da ARENA e do MDB, está também por um fio... – resolvi me intrometer.

– Outro erro! Uma proposta furada desses sindicalistas, novos pelegos, que até bem pouco tempo diziam que a luta dos trabalhadores era apenas econômica... Não me diga que você está nessa, Robertão? – Conde radicalizou, perguntando.

– Mas quem está puxando as greves dos trabalhadores em São Paulo e em todo o país, enfrentando os patrões e a ditadura?... Quem está fortalecendo as oposições sindicais?... Organizando os trabalhadores?... – retruquei.

– Não foi isso que vi na greve dos pedreiros de BH, camarada Robertão! Mais de 30 mil operários em greve, o trabalhador Orocílio Gonçalvez brutalmente assassinado pela repressão e o tal Lula vem a Belo Horizonte só pra tentar botar os panos quentes no movimento... – Conde disparou.

– Deixa de ser sectário, Conde! Não foi nada disso que aconteceu. Eu estava lá no campo do Atlético... – tentei falar, mas Lúcia me interrompeu.

– O fim do bipartidarismo é uma tática maquiavélica, bolada pelo general Golbery pra dividir e enfraquecer a oposição ao regime militar, camaradas! Não podemos aceitar esse jogo, de jeito nenhum! Não é hora de nos dividirmos. A oposição democrática deve continuar unida no MDB, pra ganhar as eleições em 82, de vereador e prefeito a deputado, senador e governador... Como ganhamos no ano passado, em 78! Apesar dos senadores biônicos da ARENA, a bancada do MDB tá forte no Senado e temos agora dois senadores de oposição por Minas, o Tancredo Neves e o Itamar Franco. Na Câmara, a gente conta também com uma bancada forte: os 189 deputados federais emedebistas eleitos no ano passado... – Lúcia contabilizou satisfeita, aprumando-se na cadeira.

– Como dizia o Fernando, sempre as eleições burguesas e o parlamento, né companheira? Mas a proposta do PT é muito maior do que isso... É a de organizar os trabalhadores da cidade e do campo, pela base e em núcleos, na luta contra a sociedade de exploração e de opressão! Contra o capitalismo... Um partido sem patrões, organizado de baixo pra cima, lutando por um governo dos trabalhadores e pela construção de uma sociedade socialista e democrática. Essa é a grande novidade e o grande desafio para as esquerdas no Brasil e no mundo que vocês ainda não sacaram! –discursei exaltado, surpreso com a força que emanava da minha voz.

E então, como se estivesse possuído pela convicção, continuei o bom combate, golpeando o Conde à esquerda e a Lúcia à direita!

A LUTA CONTINUA!

VINTE E UM

Sobre o reencontro dos três amigos no bar do Portuga. Leonardo fala sobre psicoses e Marcos constata que restou pouca coisa em comum, exceto as lembranças.

Há muito tempo eu não me encontrava com Giovani e Leonardo. Até o primeiro ano da minha faculdade, andávamos sempre juntos. Os dois foram os meus primeiros amigos logo que cheguei a Belo Horizonte. Foi com eles que tive as minhas primeiras experiências malucas, que deixei de ser um caipira do interior. Quase sempre, passávamos os sábados fumando um *baseado* atrás do outro, conversando e puxando fumo, trancados na república. Uma *doideira* total! Apenas *chapados* e rindo; e eu relaxando daquele pique esgotante de preparação para as provas do vestibular. Bons tempos aqueles, recordei com estranha saudade.

Embora de uma família rica, cujo pai ganhou muito dinheiro com fazendas de gado e transporte de cargas no interior, Giovani era um cara simples, sem qualquer ranço elitista. Seu *Opala* envenenado era o único símbolo da origem privilegiada que ostentava. Ele era de falar pouco, fechadão e meio turrão. Na república, era comum ele imergir em preocupantes *bodes* existenciais e o Leonardo e eu, por mais que insistíssemos, não conseguíamos convencê-lo a sair sequer do quarto.

Simples, mas fechadão e esquisito! Assim ele é..., analisei.

Leonardo, ao contrário, é expansivo e fala demais... Olhar altivo e penetrante, emoldurado pelo rosto fino, sob cabelos pretos encaracolados e acentuado pelo nariz de tucano, ele sempre foi uma espécie de líder daquele grupo de três. Bem sucedido com as meninas, extremamente insistente quando queria alguma coisa, Leonardo, é claro, também refletia no comportamento a sua origem de classe.

Filho mais velho de uma família pequeno-burguesa, seu pai era um gerente de banco que depositara nele todas as esperanças de ascensão social, por meio do diploma universitário mais valorizado pela classe média, o de médico ou engenheiro! Mas toda aquela expectativa familiar parecia incomodá-lo... Felizmente, os seus *bodes* eram normais e passageiros, como os meus, e o Leo invariavelmente parecia estar de bem com a vida...

Engraçado que eu não tinha uma visão muito clara sobre a personalidade deles quando a gente ainda morava junto. Só tinha admiração e respeito, talvez por eles serem mais velhos e por terem me apresentado Belo Horizonte, pensei, a caminho do bar do português, onde tínhamos marcado o nosso encontro. Somente após ter me mudado da república que dividíamos, consegui compreendê-los melhor...

Ambos cobravam o meu distanciamento, protestando que eu tivesse, agora, pouca disponibilidade para encontrá-los, sempre ocupado!. Incisivo, Leonardo até criticava o Movimento Estudantil por ter virado a minha vida de cabeça pra baixo...

– Que ousadia! – exclamei baixinho, temeroso de que, depois de tanto tempo sem nos encontrarmos, o ME voltasse a dominar a nossa conversa outra vez...

– Que saco! – emendei, já irritado de antemão.

Não eram ainda oito horas da noite quando eu cheguei ao bar e da porta vi Leonardo sozinho, já entabulado em uma animada conversa com o português no balcão. Fiquei com preguiça de entrar, mas respirei fundo, reuni forças e segui até o balcão, observando que nada havia mudado ali, desde a época em que íamos lá quase todos os fins de tarde comer empadinhas e tomar umas cervejas.

Pintadas em azul berrante, as paredes estavam ainda mais opacas e desbotadas desde a última vez que estive lá; ainda mais escurecidas e gastas pelo tempo. Mas o bar continuava aconchegante e uma onda de lembranças e saudades me surpreendeu outra vez. As linguiças, a dobradinha, as empadinhas e os bolinhos de bacalhau, especialidades da casa que orgulhavam o português, continuavam lá, dentro da velha estufa de vidro, e minha boca encheu de água...

Simpático e falante, o Portuga continuava, como sempre, a postos atrás do balcão, bebericando a sua cervejinha, enquanto conversava com Leonardo. Tentei adivinhar o que falavam: sobre futebol ou do Porto, terra natal do Portuga? Nem me lembro de quantas vezes o ouvi repetir que a sua cidade, além dos famosos vinhos, tem uma ponte de ferro sobre o rio Douro, projetada pelo mesmo engenheiro que fez a torre Eiffel em Paris, recordei.

– Olá Leo! Olá Portuga! Tudo joia com vocês? – saudei.

– Tudo muito bom, tudo muito bem, moço Marcos! Ainda mais agora que acabei de apostar com o gajo aqui que o Atlético do Reinaldo e do Cerezo vai ganhar outra vez o campeonato mineiro. Acreditas? – perguntou o Portuga.

– Hum...

– Conversa fiada dele, Marcos! A raposa é que vai jantar o galo, Portuga. Anote aí... – desafiou Leonardo.

– Podes crer, meu gajo, a bagaceira e as cervejas serão por tua conta! Mas e tu, menino Marcos? Sumistes...

– É a vida, Portuga! Muito trabalho... – respondi lacônico, sentando-me em um tamborete.

– O Leonardo me disse que andas metido na política... Tomes cuidado, meu gajo! Antes de virmos para o Brasil, meu pai sofreu na pele por estar metido nas coisas da política contra o Salazar... – ele continuou.

– Quê isso, Portuga! Não falei nada disso do Marcos... – Leonardo protestou pasmo.

– O bom é que a Revolução dos Cravos derrubou o fascista do Salazar, né? Mas o Leo sempre fala pelo cu, Portuga! Tou é apertado pra caralho na faculdade... Sem tempo mesmo! – menti, fulminando Leonardo com os olhos.

– Nada de briga, meninos! – o português repreendeu-nos, talvez arrependido do seu comentário.

– Não estamos brigando, Portuga. Sou desbocado mesmo! Mas Leo, tudo bem com você? – perguntei, contemporizando.

– Estou joia, cara! Só que estudando pra burro e sendo explorado pra caralho na residência médica. Mas estou aprendendo muito!

– Medicina é foda mesmo! – eu falei, pedindo ao Portuga uma dose de bagaceira gelada com casca de limão, receita da casa... E perguntei ao Leonardo sobre o Giovani, que tinha motivado aquele nosso encontro:

– Ele não está muito bem, cara! Por isso, insisti pra gente se encontrar... Nós dois somos os amigos que restaram... Ele está na fase de depressão outra vez e já acho até que é doença, hereditária mesmo, de família... E o pior, sem cura... – afirmou Leonardo, fitando-me com o seu olhar penetrante.

– Giovani está enfermo? – intrometeu-se curioso o português, ao chegar com a minha bagaceira.

— Não, de jeito nenhum, Portuga! São só uns probleminhas na faculdade; logo ele resolve! Giovani, inclusive, vai chegar daqui a pouco... – respondeu Leonardo.

— O Giovani é meio de lua mesmo, Portuga... Mas vamos nos sentar lá fora, Leo? Prefiro ficar ao ar livre... – propus, apontando para uma mesa na calçada, onde estaríamos livres da curiosidade do português.

ooo

— Semana passada, Giovani estava maniado... Agora, ele está deprimido.... São os ciclos da psicose maníaco-depressiva... – eu falei, enquanto observava, admirado, como o Marcos havia mudado. Um pouco mais magro, com cabelos curtos e uma barba cerrada, mas bem aparada, ele exalava segurança na voz e no olhar, até prepotência; muito diferente de quando chegou a Belo Horizonte, tímido de matar, e o apelidamos de *Frangão*.

— Foi um sufoco conseguir matar as reuniões para vir aqui hoje, mas fiquei grilado quando você me ligou, Leonardo. O Giovani está mesmo tão mal assim, cara? – Marcos perguntou, ajeitando-se na cadeira da única mesa da calçada.

— Você nem imagina, bicho! Com muito custo, consegui levá-lo a um psiquiatra uns tempos atrás. O médico prescreveu três sessões por semana e receitou uma pancada de remédios. Só que o Giovani nunca voltou ao consultório e está tomando os medicamentos da sua cabeça. Dei uma prensa nele, mas não adiantou... Ele diz que é médico e sabe muito bem o que está fazendo...

— Hum... Mas você não tá exagerando?... – Marcos perguntou, com a voz insinuando uma crítica.

— Exagerando porra nenhuma! E você não sabe da pior! Sexta-feira passada, Giovani chegou do plantão agitado, com os olhos esbugalhados... Disse que não pregou os olhos a noite toda, cismado que uma enfermeira queria envená-lo... Procurei a moça no hospital e ela me disse que ele é que estava louco, paranóico com ela. Com medo dele, a enfermeira deixou o plantão... Imagine a loucura! – contei.

— Caralho, Leo! – ele exclamou, agora assustado.

— Você se lembra da avó do Giovani? A velha teve vários surtos esquizóides que evoluíam para uma depressão profunda, dessas de ficar amofinada durante dias na cama, completamente fora do ar, sem falar com ninguém. Até a comida tinha de ser dada na boca! Ela esteve internada aqui em Belo Horizonte na Pinel e nem os remédios e as sessões de terapia foram suficientes para curá-la. Morreu na maior *deprê*... Embora não seja totalmente provado, há uma concordância entre a maioria dos psiquiatras de que a esquizofrenia é hereditária. E pode ser essa a explicação pros frequentes surtos do Giovani...

– Mas Leo, você não acha que isso pode ser também influência da estrutura da família pequeno-burguesa dele? Da sociedade capitalista? Porra, aquela família é careta e reacionária pra caralho! A mãe, dona Judite, uma ostentação interminável, sem falar no autoritarismo doentio. Acho até que ela dorme maquiada, cheia de rolinhos no cabelo. Já o seu João é mais legal, mas também pudera: nunca fica em casa! Quando fomos à cidade deles naquela Festa do Rosário, você não lembra que quem dava as regras todas da casa era a dona Judite? E a referência do Giovani é só nela. Ele quase nunca fala sobre o pai. – Marcos ponderou.

– É... Você tem razão nesse aspecto! É claro que o fator familiar e social interfere muito. Mas o determinante na psicose maníaco-depressiva, sem dúvida, é a questão hereditária. Estudei muito e estou convencido disso, cara! Você vê, por exemplo, os outros irmãos do Giovani: eles tiveram a mesma criação e são todos meio fechadões, broncos até, mas nenhum deles tem psicose maníaco-depressiva, a PMD, de ficar trancado dentro do quarto, um, dois dias, na fase *deprê*, como ele... Lembra-se daquela vez que achamos que Giovani tinha viajado e, quando demos conta, ele estava trancado no quarto? – recordei.

– Como me lembro! Foi um sufoco... Arrombamos a porta e o encontramos dopado e apagado sobre a cama. Até hoje nada me tira da cabeça que foi uma tentativa de suicídio... Agora, Leo, ele é o filho caçula e sempre foi muito mais apegado à mãe! Isso não prova que o ambiente familiar pequeno-burguês pode ser determinante?

– Determinante de jeito nenhum, Marcos! Veja, cara: o ambiente familiar é o mesmo para todos, mas apenas em um dos irmãos a PMD se manifestou, provavelmente herdada da avó... Pode ser que a doença se manifeste depois em outro membro da família, embora isso não seja regra obrigatória... – expliquei convicto.

– Já li Freud, Willian Reich e Jung, mas claro que não sei diagnosticar se um cara é esquizofrênico. Sou apenas curioso... Agora, acho que você está extrapolando com essa de que a doença é hereditária – se é que ele a tem mesmo! E se não for nada disso?... E se forem apenas reações emocionais às contradições geradas por ter sido criado em um ambiente familiar extremamente pequeno-burguês, de novos ricos, e de ser dominado pela mãe reacionária? Pra mim, isso é que é determinante! – Marcos insistiu, quando vi Giovani passar na porta do bar, acelerando o seu carro.

– Bicho... Tudo pra você, Marcos, se resume nos males da sociedade capitalista... Como já falei, admito que o ambiente social conte... E muito! Agora, a sua visão de ser isso a matriz da doença do Giovani não procede. A esquizofrenia é a manifestação de uma mudança anormal na química cerebral do sujeito; um distúrbio que pode ser hereditário, embora isso não seja regra. Essa é a verdade, Marcos. Mas o Giovani está chegando e não podemos dar bandeira... Vamos ver como ele está hoje... Conversamos depois... – falei, enquanto observava o Portuga chegar, solícito, trazendo uma nova rodada de cerveja e bagaceira que não pedimos.

ooo

Com o trio novamente reunido, nossa mesa virou um verdadeiro convite às lembranças dos tempos em que morávamos e andávamos juntos; aliás, o único ponto de convergência entre nós naquela noite, além da preocupação minha e do Leonardo com o Giovani. Mas ao contrário do que dissera Leonardo, o velho amigo não parecia nada deprimido e lembrava, com animação, a viagem à cachoeira na Serra do Cipó, quando tomamos o *blue* mexicano.

Giovani é que havia arrumado os minúsculos comprimidos de mescalina. E ele, mais uma vez, repetiu a história intrincada de como conseguira as bolinhas: um amigo *doidão* tinha um primo que morava nos Estados Unidos e esse primo, também maluco, as despachava para Belo Horizonte pelos correios, pregadas sob o selo da carta. Era carta todo dia, Giovani relembrou, caindo na gargalhada.

Eu e o Leonardo tínhamos relutado em fazer aquela viagem maluca, mas lá pelas tantas, já bêbados, fomos convencidos pelo Giovani e decidimos experimentar a droga. Lembro-me de que até convidamos alguns amigos para viajarem conosco para a Serra do Cipó, mas eles não apareceram. Caiu um *toró*, ficamos sem a barraca e tivemos de passar a noite sobre palhas milho em um velho paiol. E a comida que comemos? Até hoje me repugna...

– Pô, vocês se lembram que eu acabei resolvendo ficar mudo como aquele tal seu Antônio. Uma doideira, bicho! – recordou Giovani ainda rindo e bebendo de um gole só a minha dose de bagaceira gelada e mastigando a casca de limão.

– E eu, Giovani, que comecei a escutar vozes na cachoeira, quando vocês foram à casa do seu Antônio! Teve uma hora que até achei que era um bicho desembestado e saí correndo no leito do córrego, pulando de pedra em pedra! Acabei levando um puta tombo... – falei, caindo também na gargalhada.

– Muitos psiquiatras estão usando a mescalina ou o LSD em seus tratamentos, como o Freud usava a hipnose... A teoria deles é que a droga desencadeia um processo de regressão e a pessoa revive muitas de suas experiências passadas, gravadas no inconsciente, inclusive da primeira infância e até do útero da mãe! Há quem diga que alguns voltam aos primórdios da criação, mas isso não acredito de jeito nenhum! Em casos mais graves, sob o efeito da droga algumas pessoas mergulham de cabeça na viagem e perdem o controle... Há casos relatados na literatura médica de gente que não retorna dessas regressões... Teve uma hora, acho que à noite, Marcos, que fiquei com a impressão de que você não iria voltar... – disse Leonardo, me fitando.

– Isso eu não sei, mas confesso que fiquei muito louco, Leo! Achei que seu Antônio era um bruxo e confundi o tempo, sem dar conta de onde estava e tudo o mais! Até hoje não consigo me lembrar o que aconteceu no fim da noite... Só sei que bateu um vazio, misturado com um estranho sentimento de eternidade, que me deixou completamente baratinado... E fui andando a esmo, noite a dentro, atraído pelo brilho das estrelas que pareciam querer conversar comigo... – confessei.

– É, Marcos!... Custamos a te encontrar e tivemos de sedá-lo, com álcool. Uma loucura, cara! Acho que a gente perde mesmo a noção do tempo, desenvolvendo uma sensibilidade incrível para viver o momento, apenas sentindo o que acontece em nossa volta, à flor da pele! Não sei nem mesmo como fizemos aquele trajeto entre a cachoeira e a casa de seu Antônio, caminhando no escuro por aquela trilha enlameada, molhados até a alma. O silêncio parecia falar e era como se eu pudesse pegar com as mãos a chuva que caía. Senti como se pudesse mordê-la, comê-la, tal a intensidade das sensações... Uma puta experiência! Aliás, dizem que a primeira é sempre a melhor... – lembrou Leonardo.

– Comigo, além de cismar em emudecer, a maior loucura aconteceu dentro da casa de seu Antônio, quando estávamos em volta do fogão, comendo aquela gororoba esquisita! Lembrei-me de mamãe, imaginando o que ela faria se estivesse lá. Pô, ela ia ficar completamente louca com a aquela cena surreal e eu comecei a rir sem parar... Juro que até a vi abrindo a panela, como se ela estivesse ali conosco... – disse Giovani.

– Imagina! O filhinho queridinho da dona Judite naquela situação, louco de jogar pedra e comendo aquela massa insonsa, que nem um animal... – debochei rindo.

– Deixa de gozação, seu *Frangão* de merda... – Giovani reagiu, fingindo raiva.

– O certo é que, depois daquele dia, muita coisa mudou na minha vida! Foi como um corte... Antes e após a viagem ao Cipó... Recordo que, uns quatro dias depois, quando já estávamos em Belo Horizonte, eu alucinei novamente quando ia pra universidade. Tive o tal retorno, o *flash back* do LSD, do qual tanto se fala, e fiquei maluco novamente, a ponto de ter de parar e descer do carro em plena avenida! – contei.

– É!...Quando a droga é muito pura, isso acontece mesmo! Voltou também comigo com o *blue*. Felizmente estava tomando banho e foi a maior viagem outra vez! De repente, vi desenhos, luzes e até um arco-íris na água que caia do chuveiro. O meu *flash back* foi um barato bem psicodélico! – Leonardo revelou.

OOO

Apesar do teor alcoólico da gente já estar pra lá de elevado, de repente, um silêncio estranho nos envolveu. Olhei em volta e observei que, àquelas horas da noite, só a nossa mesa estava ocupada; no balcão, o Portuga conversava com um derradeiro freguês. Então, Leonardo e Giovani retomaram o papo entre eles, conversando sobre Medicina e o ópio alienante do povo, o futebol... Quem vai ganhar o campeonato mineiro de 1979? Atlético ou Cruzeiro? Alheio, fiquei escutando, sem prestar atenção, brincando com o papel celofane do maço de cigarros.

Embora tivesse acontecido há pouco mais de três anos, a nossa viagem à Serra do Cipó parecia ter ocorrido há séculos, tantas foram as mudanças em minha vida desde então... Depois daqueles dois dias de maluquice no mato, eu voltara para Belo Horizonte disposto a buscar um novo rumo para a minha vida, embora não tivesse isso muito claro na cabeça. Naquela época, a agitação política na Católica já começava a ferver e o estopim seria a prisão dos colegas que convocavam o 1º de maio em São Paulo. Surpreso pela força da mobilização, logo compreendi que a minha resistência ao ME tinha o individualismo como pano de fundo e que a sociedade livre e libertária com a qual sonhava só poderia ser conquistada pela ação coletiva. A partir daí, entrei de corpo e alma no ME e abracei a luta revolucionária, analisei.

Vendo agora, acho que mudanças aconteceram também com o Leonardo e com o Giovani. Embora continuassem presos aos valores da sociedade burguesa, eles não eram reacionários e até mostravam admiração pela minha opção. Psicologicamente, o Leo estava ainda mais seguro de si, refleti, observando-o agora discorrer sobre as suas experiências na residência médica. Giovani, porém, revelava em sua face, agora tensa, a tremenda inquietação que parecia tê-lo dominado naquele instante; muito diferente de quando chegara ao bar do português.

Incomodado, ele parecia apenas ouvir Leonardo, mas, como eu, deixava transparecer que não estava escutando nada, entregue a outros pensamentos, sei lá!... E a desatenção parecia revelar que Giovani não estava muito empolgado também com a Medicina, ao contrário do Leo. Com as mãos, ele brincava meticulosamente com os talheres sobre a mesa...

Apesar da embriaguez provocada pela sequência de bagaceiras e de cervejas geladíssimas que o português continuava a descer sem parar, restou-me um pouco de lucidez para comprovar que nós três tínhamos, hoje, pouquíssima coisa em comum! O compromisso com a luta contra a ditadura militar e o socialismo haviam me levado a outros caminhos, enquanto os dois permaneciam presos aos valores e *neuras* da sociedade.

Mas eu gostava deles mesmo assim e as lembranças do nosso passado comum ainda eram fortes e estavam vivas naquela noite! Então, resolvi tomar a palavra do Leonardo para revivê-las mais uma vez.

Amanhã, vai ser outro dia e a luta continua...

Esta obra foi impressa em São Paulo na primavera de 2016 pela gráfica *Assahí*. No texto foi utilizada a fonte Palatino Linotype em corpo 10 e entrelinha de 15 pontos.